흥부전

왜
흥부는
일해도
가난할까?

물음표로
따라가는
인문고전
②

흥부전

왜
흥부는
일해도
가난할까?

글 **최성수** | 그림 **이철민**

지학사아르볼

어떻게 살아야 잘 사는 걸까?

어느 중학교에 특강을 하러 갔을 때의 일입니다.

꿈꾸는 것이 인간을 행복하게 한다는 주제로 이야기를 하다가, 문득 요즘 친구들은 어떤 꿈을 가지고 사는지 궁금해서 질문을 던졌습니다.

"돈을 많이 벌었으면 좋겠어요."

"부자로 살고 싶어요."

"건물 주인이 최고예요."

친구들의 대답은 대부분 경제적 안정과 관련되어 있었습니다.

요즘에는 고등학교, 대학교와 같은 상급 학교를 선택할 때 취업을 우선으로 고려하지요. 대부분 취직하기 좋은 전공이나 학교를 희망합니다.

여기에는 많은 이유가 있겠지만, 가장 큰 원인은 요즘 사람들의 삶이 팍팍하기 때문이 아닐까 싶습니다. 그렇기 때문에 청소년들도 지극히 현실적인 꿈을 꾸게 된 것이지요.

이런 상황 속에서 경제 문제를 정면으로 다루고 있는 《흥부전》은 흥미롭게 살펴볼 만합니다. 모두 알다시피 형제 사이인 흥부와 놀부는 돈 때문에 갈등합니다. 이 작품은 형제간의 우애보다 돈이 먼저인 현실을 다루고 있지요. 작품의 주제가 요즘 친구들이 이야기했던 꿈과도 밀접한 관련이 있어 보입니다.

《흥부전》은 봉건 제도가 흔들리면서 자본이 형성되던 시기에 창작되었습니다. 조선 말 영조나 정조 무렵이지요. 이때는 전통적인 생활 방식에 획기적인 변화가 일어났습니다. 봉건제를 유지하는 근간이었던 도덕이나 윤리보다는 돈이 중요하다는 의식이 싹트기 시작했던 것이지요.

《흥부전》은 돈을 어떻게 벌어야 잘 버는 것일까, 어떻게 사는 삶이 의미 있는 것일까 하는 문제를 우리에게 던져 줍니다. 착하고 부지런하지만 가난하게 사는 흥부와, 자신의 욕심만 챙기며 남을 괴롭혀서 돈을 버는 놀부는 사실 우리 주변에서 흔히 볼 수 있는 인물들입니다. 생각의 가지를 뻗어 나가다 보면 왜 착하고 부지런한 흥부가 가난해야 하는지에 대해서도 고민해 보게 됩니다. 흥부가 가난한 것이 단지 흥부의 개인적인 문제에 그치는가 하는 물음표가 떠오르지요.

《흥부전》은 고전 소설이면서 동시에 현대의 문제를 다루고 있는, 지극히 현실적인 소설이라고 할 수 있습니다.

우리는 고전을 읽어야 한다는 이야기를 자주 듣습니다. 그런데 사실 고전 작품은 현대의 관점에서 보면 지루하거나 딱딱하게 느껴지기 일쑤입니다. 작품이 창작된 시기가 지금과 다르고, 다루고 있는 내용이나 말투도 지금과는 많이 다르기 때문이지요.

그런데도 고전을 읽어야 하는 이유는 무엇일까요? 고전은 단지 과거에 머무르는 이야기가 아니기 때문일 것입니다. 고전은 옛사람들이 겪어 온 삶의 온갖 고민과 문제들을 담아내고 있어서, 오늘날 우리가 맞닥뜨린 문제를 풀어 나가는 데 중요한 열쇠가 됩니다.

역사를 공부하는 이유는 단순히 과거에 벌어졌던 일을 외우기 위해서가 아니지요. 과거를 통해 현대의 문제를 올바로 보고 해결책을 세우기 위한 것이랍니다. 고전을 읽는 것도 마찬가지입니다.

고전을 통해 현대를 살아가는 이유와 방법을 배울 수 있지요.

《흥부전》은 수많은 고전 중에서도 매우 현실적인 소설이고, 요즘 사람들이 가장 중요하게 생각하는 문제를 다루는 대표적인 작품이라고 할 수 있습니다. 《흥부전》을 통해 자본이 가진 엄청난 힘이 만드는 현대의 문제들을 되짚어 보고, 냉혹한 경제 중심의 세계에서 어떻게 사는 것이 좋을지 생각해 보았으면 좋겠습니다.

● 최성수

Part 1 | 고전 소설 속으로

고전을 아름다운 그림과 함께 담아냈습니다. 원전에 충실하면서도 어려운 단어를 최대한 줄이고 쉽게 풀이하여, 재미난 이야기를 마주하듯 술술 읽을 수 있도록 했습니다.

Part 2 | 물음표로 따라가는 인문학 교실

고전은 오늘의 우리를 비추는 거울이며, '인문학'을 담고 있는 그릇입니다. 이 책은 고전의 재미를 더하고, 우리 고전을 인문학적인 관점에서 바라볼 수 있도록 구성되었습니다.

● **고전으로 인문학 하기**

고전 소설을 읽고 나면 머릿속에는 여러 질문들이 떠올라요. 물음표에 대한 답을 따라가 보세요. 배경지식이 쑥쑥 늘어날 거예요.

● **고전으로 토론하기**

고전의 내용에 기반한 가상 대화가 이어집니다. '고전으로 토론하기'를 통해 다르게 생각하는 힘을 길러 보세요.

● **고전과 함께 읽기**

함께 읽으면 더욱 좋은 문학, 영화, 드라마 등을 소개합니다. 비슷한 주제가 다른 작품에서는 어떻게 표현되었는지 살펴보고 생각의 폭을 넓히세요.

차례

Part 1 | 고전 소설 속으로

Part 2 | 물음표로 따라가는 인문학 교실

흥부전

고전 소설 속으로

우리 고전 소설의
재미와 **감동**을
오롯이 느껴 봅시다.

●

"아이고아이고. 답답하고 서러워라.

내 팔자는 왜 이리 사나워서

무슨 일로 손바닥만 한 오두막집에 살고 있나?

어린 자식은 젖 달라고 울고 다 큰 자식은 밥 달라고 우니,

서럽고 또 서러워 못 살겠네."

●

부자 놀부, 가난뱅이 흥부

　전라도와 경상도 두 도가 맞닿는 어디쯤에 형제가 살고 있었다. 형은 놀부, 동생은 흥부였다. 둘은 형제지만 마음씨도 사는 모습도 다 달랐다.

　형 놀부는 마음 씀씀이가 말도 안 되게 흉악했다. 부모님이 돌아가시기도 전에 재산을 나누어 논과 밭을 자기가 다 가로채고, 동생은 멀리 건너편 산 아래 언덕으로 내쫓아 버렸다. 그것도 모자라 밖으로 나고 들며 늘 동생을 비웃고 업신여겼다.

　놀부의 마음 씀씀이는 말로 그려 내기 힘들 정도였다. 그의 심술을 하나하나 들면 이렇다.

　초상난 집에 가서 춤추기, 불난 집에 가서 부채질하기, 아이 낳

은 집에 가서 개 잡기, 장에 가서 흥정
할 때 물건 억지로 사고팔기, 우는 아
이 볼기 때리기, 갓난아이에게 똥 먹이기,
죄 없는 사람 뺨 때리기, 빚 못 갚고 있는 사
람의 부인 빼앗아 오기, 늙은 영감 뒷덜미 움켜잡
기, 아이 밴 여인의 배 발로 차기, 남의 우물에 똥
누기, 다 된 밥에 돌 퍼붓기, 다 익은 곡식의 이삭
자르기, 논두렁에 구멍 뚫기, 호박에 말뚝 박기, 곱사등이* 엎어
놓고 발꿈치로 탁탁 치기……
　심보가 이렇게 꼭 모과나무 아들처럼 삐뚤어졌지만, 살기는 부
자로 잘 먹고 잘살았다.

　동생 흥부는 집도 없는 가난뱅이였다.
집을 지으려면 깊고 깊은 산속에 들어가
크고 작은 나무를 와르릉 퉁탕 베어 가
져와야 했다. 사람들은 으레 그 나무
로 안방, 대청마루, 행랑채, 몸채,
안팎 창문과 가로닫이 문짝을 단

* **곱사등이** '척추 장애인'을 낮잡아 이르는 말.

‘입 구(口)’ 자 번듯한 집을 지었다.

하지만 흥부는 나무를 베러 산으로 가는 대신 수수밭에 들어가서는 수수깡을 한 아름 잘라 왔다. 그 수수깡으로 안방, 행랑, 몸채가 하나로 된 조그만 집을 순식간에 지었다.

다 짓고 돌아다보니 가져온 수수깡이 반이나 그대로 남아 있었다.

방이야 넓든 좁든 상관 않고 부부가 드러누워 기지개를 켜 보니, 발은 마당으로 나가고 머리는 뒤꼍으로 곧바로 나가고, 엉덩이는 울타리 밖으로 나갈 정도로 좁았다.

동네 사람이 흥부네 집에 왔다가 방 밖으로 튀어나온 엉덩이를 보고 한마디 했다.

"여보게, 이 엉덩이 불러들이게."

그 소리를 듣고 흥부가 깜짝 놀라 대성통곡을 했다.

"아이고아이고. 답답하고 서러워라. 어떤 놈은 팔자 좋아 삼정승 육조 판서로 태어나 으리으리한 집에서 부귀영화 다 누리며 잘 먹고 잘살건만, 내 팔자는 왜 이리 사나워서 무슨 일로 손바닥만 한 오두막집에 살고 있나? 별빛만 빈 뜰에 가득하고, 맑은 날 찬 가랑비 내리면 그 비가 방 안에서 소낙비 되어 떨어지네. 다 떨어진 자리에서 허름한 베잠방이* 입고 차가운 방 안에서 살다 보면 벼룩과 빈대가 피를 빨아 먹네. 앞문은 창호지 없이 문살만 남았고, 뒷벽은 수숫대 얽은 것만 남아 동지섣달 찬바람은 화살 쏜 것처럼 들어오는데, 어린 자식은 젖 달라고 울고 다 큰 자식은 밥 달라고 우니, 서럽고 또 서러워 못 살겠네."

이렇게 가난하면서도 흥부는 자식을 줄줄이 낳아 그 수만 한 서른쯤 되었다. 자식이 너무 많아 모두 옷을 입힐 방법이 없어, 한방에 다 몰아넣고 멍석을 덮어씌운 뒤 윗부분만 구멍을 뚫어 머리를 내밀 수 있게 만들었다. 그러는 바람에 한 녀석이 똥이 마려우면 다른 녀석들도 모두 시종처럼 따라가곤 했다.

자식들은 배가 고파서 온갖 귀한 먹을 것들을 찾으며 한마디씩 했다.

한 녀석이 나서서

"아이고, 어머니. 우리 신선로에 국수나 말아서 먹었으면 좋겠어요."

---

* **베잠방이** 베로 지은 짧은 남자용 홑바지.

하면 다른 녀석은

"아이고, 어머니. 우리 전골 요리나 해 먹었으면."

하고 말했다. 그러면 이번에는 다른 녀석이 나서서

"아이고, 어머니. 우리 개장국에 흰밥 조금 먹었으면."

하고 말했다.

또 다른 아이는

"아이고, 어머니. 대추 찰떡이나 먹었으면 좋겠어요."

했다.

"이 녀석들아, 호박 국도 못 얻어먹는데, 제발 보채지 말거라."

흥부 아내가 손사래를 치며 이렇게 이야기해도 다른 녀석이 또 나서며 엉뚱한 소리를 했다.

"아이고, 어머니. 나는 무슨 일인지 올해부터 고추가 가려워요. 제발 장가나 좀 보내 주세요."

자식들이 이렇게 보채지만 무얼 먹여 살려 낼 방법이 없었다. 집 안에 먹을 것이 없으니 밥상은 네발이 하늘을 보고 기도하는 듯 걸려 있고, 솥은 목을 매단 것처럼 매달려 있고, 조리는 턱걸이를 하고 있었다.

그렇게 쫄쫄 굶다가 60일쯤 지나서야 겨우 밥을 한 끼 지어 먹었다. 흥부네 집 생쥐가 쌀 한 톨 얻어먹으려고 보름 밤낮을 다니다가 다리에 종기가 생겨 끙끙 앓는 소리를 낼 정도였다. 그 생쥐

소리에 동네 사람들이 잠을 못 잘 지경이니, 흥부의 사정이 어찌 서럽지 않겠는가.

"아가, 아가, 울지 마라. 젖 달라고 운들 무얼 먹고 젖이 나오겠느냐. 밥 달라고 한들 어디서 밥이 나오겠느냐."

흥부는 보채는 아이들을 이런 말로 달랬다. 그 말투는 더없이 부드럽고 온화하여 청산유수 같았고 옥으로 만든 고리 같았다. 흥부는 본디 성인의 덕을 본받고, 악인을 싫어하며, 재물에 욕심이 없고, 술과 여색에도 마음이 없었다. 그런 흥부가 어떻게 부귀와 영화를 바라겠는가.

●

"형님, 제가 형님께 제발 빌고 또 빕니다.

품을 팔아서든 일을 해서든 꼭 갚겠으니,

부디 옛날 우리 형제의 우애를 생각해서 살려 주십시오."

●

형님,
나 좀 살려 주소

아내가 흥부에게 말했다.

"아이고, 여보, 너무 청렴하게 살려고 하지 마세요. 중국 노나라 때 안자*라는 사람은 염치를 시키느라 가난하게 살다 서른 살에 일찍 죽었다고 하대요. 상나라 백이와 숙제* 두 형제도 염치를 지키다 굶어 죽었지만 술집 젊은이들 비웃음거리만 되었지요. 부질없이 청렴 타령 하지 말고, 우리 자식들 다 쫄쫄 굶게 생겼으니, 아주버님 댁에 가서 쌀이든 벼든 어서 얻어 오기나 하세요."

---

* 공자가 제일 아끼던 제자로, 본명은 '안회'이다.
* 상나라 말기에 살던 형제로, 끝까지 군주에 대한 충성을 지킨 의인으로 알려져 있다.

"형님을 몰라서 하는 말이오? 형님이 음식 빌려 달라는 소리를 들으면 사촌도 몰라보고 똥을 싸도록 때리는데, 그 매를 어느 아들 놈이 맞는단 말이오?"

아내의 말에 흥부가 발뺌을 했다.

그러자 아내는 남편의 등을 떠밀며 소리를 질렀다.

"설마 동냥은 못 줄망정 쪽박조차 깨겠소? 주든 안 주든 말이나 한번 해 보시오."

흥부가 아내에게 떠밀려 형네 집으로 건너가는데, 그 행색이 가관이었다.

헌 망건을 쓰고, 볼품없는 관자를 달고, 당줄 대신 물렛줄로 대가리를 터지게 동여매고, 낡아 빠진 웃옷에 동강동강 이어 놓은 헌 술띠를 가슴과 배 사이에 두르고, 다 떨어진 헌 바지에 칡으로 만든 대님을 매고, 버선 대신 천을 감고, 살 세 개 남은 부채를 손에 들고, 서 홉들이 작은 자루를 엉덩이에 비스듬히 차고, 바람을 맞은 병자처럼, 잘 쓸리는 대나무 빗자루처럼 걸어서 형의 집에 허위허위 들어갔다.

흥부는 놀부네 집에 들어서며 사방

을 살펴보았다. 형의 집에는 곡식이 산더미같이 쌓여 있었다. 앞에도 뒤에도 쌓아 올린 곡식들이 그득했다. 이리저리 집 안을 둘러보던 흥부는 곡식이라도 좀 얻겠다 싶어 마음이 즐거워졌다.

놀부는 원래 심보가 고약해서 형제끼리도 데면데면하고 구박이 심했다. 그런 형을 잘 아는지라 흥부는 바로 말을 건네지 못하고 뜰아래서 공손히 문안 인사를 했다.

놀부는 동생을 본체만체했다.

"네가 누구냐?"

"제가 흥부입니다."

그러나 놀부는 여전히 눈을 흘겨 뜨고 말했다.

"흥부? 흥부가 누구 아들인가?"

흥부가 한 걸음 나서며 입을 열었다.

"아이고 형님, 이게 무슨 말씀이십니까? 형님 동생 흥부 아닙니까. 형님, 제가 형님께 제발 빌고 또 빕니다. 세 끼 굶고 누워 있는 자식들 살려 낼 길이 전혀 없으니, 쌀이든 벼든 둘 중 하나라도 좀 주십시오. 그럼 허기나마 면할 수 있겠습니다. 품을 팔아서든 일을 해서든 꼭 갚겠으니, 부디 옛날 우리 형제의 우애를 생각해서 살려 주십시오."

흥부가 애걸복걸을 했다. 그러나 놀부는 눈을 부릅뜨고 흥부의 볼따구니를 치며 소리를 질렀다.

"네 이놈, 너도 염치가 없구나. 내 말 좀 들어 보아라. 땅은 이름 없는 풀을 기르지 않는 법이고, 하늘은 먹고살지 못할 사람을 낳지 않는다는 말이 있다. 너는 네 복을 대체 누구에게 주어 버리고 나한테 와서 이렇게 보채느냐? 쌀이 아무리 많이 있다고 해도

너 주기 위해 볏섬을 헐 수야 없지 않겠냐? 돈이 아무리 많다고 해도 너를 주려고 잘 잠가 둔 금고 문을 열 수가 있겠느냐? 가루라도 주려고 해도 잘 막아 놓은 독을 열 수 있겠느냐? 옷이나마 주려 해도 집안사람들이 다 헐벗었는데 어떻게 너를 주겠느냐? 찬밥이라도 주고 싶지만 금방 새끼 낳은 암캐가 부엌에 누워 있는데 너 주자고 개를 굶기겠느냐? 술 거르고 남은 찌꺼기라도 주고 싶지만 돼지우리에 새끼 낳은 놈들이 있는데 그놈들 굶기고 너를 주겠느냐? 겨라도 몇 섬 주고 싶지만 큰 소가 네 마리인데 너 주자고 소를 굶길 수 있겠느냐? 염치없다, 이놈 흥부야. 여기가 어디라고 감히 나를 찾아오느냐!"

말을 끝낸 놀부가 주먹을 불끈 쥐고 흥부의 뒤통수를 잡아채며, 몽둥이를 지끈 꺾어 손 잽싼 스님이 매질하듯, 중이 부처 앞에 엎드려 북을 치듯 아주 쾅쾅 두들겨 팼다.

흥부가 울며 놀부를 원망했다.

"아이고, 형님. 이게 무슨 일이오? 옛날 도척이라는 오만방자한 도둑도 형님보다는 성현이겠소. 포악했다는 관숙*도 형님보다는 군자겠소. 놀부 형님, 우리 사이가 어찌 이렇게도 극악하게 되었단 말이오."

---

* **관숙**(?~기원전 약 114년) 중국 주나라 문왕의 셋째 아들. 형인 무왕이 죽은 뒤 난을 일으켰으나 아우 주공에게 살해되었다.

흥부가 곡식은 얻지도 못하고 매만 맞고 돌아올 때였다. 집에 남아 흥부를 기다리던 아내는 우는 아기를 달래며 물레를 돌리고 있었다.

"아가 아가 울지 마라. 어제저녁 이웃 김 씨네 집에 가서 방아 찧어 주고 쌀 한 되 얻어다 너희들만 끓여 주고 우리 부부는 지금까지 굶었단다. 잉잉잉, 네 아버지가 저 건너 큰집에 가서 돈이 되건 쌀이 되건 아무것이나 얻어 오면, 밥 짓고 국 끓여서 너도 먹고 나도 먹자. 울지 마라, 잉잉잉."

흥부 아내가 아무리 달래도 아기는 악을 쓰며 보챘다.

흥부 아내는 남편 오기만 기다리고 있었다. 아내는 다 떨어져 깃만 남은 저고리에 너덜너덜한 누비바지와 해지고 짧아진 치마를 입고 있었으며, 발목만 남은 헌 버선에 뒤축도 없는 짚신을 신고 있었다. 옷도 제대로 갖춰 입지 못한 아낙네의 모습이 처량하기 그지없었다.

아내는 문밖에 나와 머리 위에 손을 얹고, 남편이 오기를 목이 빠져라 기다렸다. 그 모습은 마치 칠 년 가문 날에 비가 오기를 기다리는 것 같았고, 삼국지의 제갈공명이 동남풍이 불기를 기다리며 칠성단에 기도하는 것 같았다. 주나라 강태공이 강가에서 낚시하며 좋은 시절 오기를 기다리듯, 독수공방 아낙네가 낭군님 기다리듯, 춘향이가 이 도령 기다리듯, 노처녀가 시집갈 날 기다리듯,

서른 넘은 늙은 총각이 장가갈 날 기다리듯, 시험장에 들어가서 과거 급제 기다리듯, 아내는 세끼 굶고 누워 있는 자식들과 함께 목이 빠져라 흥부가 오기만 애타게 기다렸다.

얼마 뒤, 흥부는 집에 오자마자 통곡을 쏟아 냈다.

"아이고, 아이고, 서러워서 내 못 살겠네."

영문을 모르는 흥부 아내는 남편의 손을 잡고 달래며 물었다.

"울지 마세요, 왜 우세요? 형님께 말 건네다 매만 맞고 건너왔나요? 쌀 한 톨도 못 얻어 왔나요? 문밖에 나가 기다릴 때 허위허위 오는 사람들이 당신인 줄 알고 내가 몇 번이나 속았는데, 이제야 와서 울기는 왜 웁니까?"

심성이 어진 흥부는 아내에게 그간 겪은 일을 속속들이 말하지 못하고, 울음을 삼키며 한마디 했다.

"형님이 서울 가고 안 계시기에 그냥 왔네."

남편의 말에 흥부 아내는 맥이 빠져 버렸다.

"그럼 저 배곯은 자식들은 어떻게 한단 말입니까? 짚신이라도 삼아 팔아 자식들을 살려 내시오."

"짚이 있어야 신을 삼지."

흥부가 손을 내저었다.

"저 건너 부잣집에 가서 좀 얻어 보시오."

아내는 흥부의 등을 떠밀었다.

흥부가 아내의 채근에 밀려 기어이 건너편 부잣집에 짚을 구걸하러 갔다.

"어르신 계십니까?"

"거기 누구요?"

부자가 대문을 열고 고개를 내밀었다.

"흥부입니다."

"흥부가 무슨 일로 왔소?"

"어르신, 편안히 계셨지요?"

흥부는 찾아온 목적을 말하지 않고 인사부터 여쭈었다.

부자가 되물었다.

"자네는 어찌 지내는가?"

그제야 흥부는 찾아온 이유를 댔다.

"사는 게 오죽하겠습니까. 짚 한 단만 주시면 짚신이라도 삼아 자식들을 먹여 볼까 하고 찾아왔습니다. 부디 한 번만 굽어보아 주십시오."

흥부의 행색을 위아래로 훑어보던 부자는 혀를 끌끌 찼다.

"거참 안됐네. 그렇게 하게."

부자가 종을 시켜 짚 서너 단을 가져다주었다.

"감사합니다, 감사합니다. 은혜는 잊지 않겠습니다."

흥부가 좋아라 하며 그 짚을 들고 집으로 돌아와 그날부터 짚신을 삼기 시작했다. 얻은 짚으로 짚신 열 켤레를 삼아 서 돈을 받고 팔아서 쌀을 샀다. 그 쌀로 밥을 지어 자식들과 나누어 먹고 허기를 때우기는 했지만, 그것도 한 끼뿐이었다.

●

"아이고아이고, 서러워라.

매품이라도 팔아 처자식을 먹여 살리려 했더니 그것도 다 틀렸구나.

이제 어떻게 한단 말인가."

●

매라도 맞아
돈을 벌어야지

또 살길이 없어진 흥부 아내가 다른 의견을 냈다.

"여보, 우리 품을 팔아 봅시다."

부부는 각자 서로에게 맞는 일을 찾아 품을 필기로 했다.

흥부의 아내는 방아 찧는 데 가서 키질하기, 양조장 술 거르기, 초상집에서 옷 만들기, 제사 지내는 집 그릇 닦기, 사당에서 떡 만들기, 언 손 불며 오줌 치우기, 얼음 풀리면 나물 뜯기, 봄보리 갈아 보리 파종하기 등 닥치는 대로 품을 팔았다.

흥부도 아내 못지않게 온갖 일에 품을 팔았다. 정월 이월에 가래질하기, 이월 삼월에 농사짓기, 좋은 논밭 갈아 주기, 여름 시작될 때 목화 심기, 이 집 저 집 이엉 엮기, 먼 산 가까운 산 풀베기,

장사꾼 짐 져 주기, 마을마다 쫓아가서 삯일하기, 술 얻어먹고 짐 싣기, 다섯 푼 받고 말편자 박기, 두 푼 받고 변소 치우기, 한 푼 받고 빗자루 매기, 아침 먹기 전에 마당 쓸기 등등 온갖 일을 다 하여도 끼니를 챙길 수 없었다.

그러던 어느 날, 같은 고을 사는 김 좌수가 흥부를 불렀다.

"자네, 내가 돈 삼십 냥을 줄 테니 관아에 가서 나 대신 매를 맞고 오겠느냐?"

흥부는 곰곰 생각을 했다.

'삼십 냥을 받으면 열 냥은 곡식을 사고, 닷 냥은 반찬을 사고, 또 닷 냥은 나무를 사고, 그래도 열 냥이 남네. 나머지 열 냥은 매 맞고 와서 몸조리를 하면 되겠다.'

흥부가 결심하자 아내가 나서서 말렸다.

"가지 마세요. 부모님이 주신 살과 피를 가지고 매 삯을 번다는 게 웬 말입니까?"

이렇게 말려도 한번 마음이 동한 흥부는 아내의 만류를 뿌리치고 관아로 갔다.

그런데 이게 웬일, 안 되는 놈은 뒤로 자빠져도

코가 깨진다더니, 때마침 나라에서 모든 죄인들을 풀어 준다는 사면령을 내렸다.

흥부는 매품도 팔지 못하고 터덜터덜 집으로 돌아왔다.

돌아오는 흥부를 보고 아내가 달려 나와 물었다.

"매를 맞고 오셨소?"

"못 맞고 왔네."

"아이고, 잘되었소. 부모님이 물려주신 몸으로 매품을 판다니 당치도 않은 일이지요. 정말 잘됐소."

그러나 흥부는 울먹이며 탄식을 했다.

"아이고, 아이고, 서러워라. 매품이라도 팔아 처자식을 먹여 살리려 했더니 그것도 다 틀렸구나. 이제 어떻게 한단 말인가."

아내도 따라서 탄식했다.

"울지 마세요, 울지 마세요. 제발 울지 마세요. 당신이 매 맞아 잘못되면 제사는 누가 모시고, 산소는 누가 지킵니까? 한 집안의 주부인 저 또한 남편 하나 살려 내지 못하니 여자의 행실이 참으로 참혹하군요.

있는 아들딸도 못 챙기니 어미 도리조차 못하는군요. 아아, 어찌 할까요? 아이고, 아이고 서러워라. 순임금 죽자 피눈물 흘리던 아황과 여영*의 설움 같고, 옛 소설 《숙향전》*에 나오는 숙향 낭자의 설움 같습니다. 내 설움을 적으려 해도 어느 책에 다 적겠습니까? 넓고 넓은 바다 아홉 골짜기 물을 말로 퍼 담으려 해도 무슨 말로 그것을 다 퍼 담겠으며, 구만리 긴 하늘을 자로 잰다고 해도 어떤 자로 잴 수 있겠나요? 이제는 이런저런 설움 다 후려쳐 버려두고 나만 죽게 생겼네요."

홍부의 아내가 한에 겨워 넋두리를 하며 제 가슴을 주먹으로 쾅쾅 두드렸다.

그 모습을 본 홍부가 슬픔을 삭이며 아내를 달랬다.

"여보, 울지 마시오. 안자 같은 성인군자도 가난을 즐겁게 여겼고, 부열은 공사판 일꾼이었지만 나중에 상나라의 재상이 되었지 않소. 들에서 밭 갈던 농부였던 이윤은 상나라의 재상이 되었고, 한신 장군도 젊어서는 고생하다가 한나라 장수가 되었으니, 우리도 마음만 옳게 먹고 때를 기다려 봅시다."

---

* 아황과 여영은 중국 요임금의 두 딸로, 순임금에게 시집을 갔다. 순임금이 죽자 피눈물을 흘렸는데 이것이 대나무에 반점을 남겼다 한다.

*《숙향전》 조선 후기의 한글 소설. 중국 송나라 때 숙향이라는 여인이 난리 중에 아버지를 잃고 고생하다가 아버지를 만나고, 나중에 초왕이 되는 이선과 결혼하여 정렬부인이 된다는 이야기이다.

●

박씨는 심은 지 삼사일 만에 싹이 나고 순이 오르더니,

마디마디마다 잎이 나고 줄기줄기마다 꽃이 피었다.

시간이 흐르자 박 덩굴에서 네 통의 박이 열렸다.

●

복덩어리 제비가 날아오다

    겨우겨우 한 달 두 달 지내고 어느새 봄이 다가왔다. 마침 입춘이 코앞이었다. 흥부도 배운 가락이 있어, 수숫대로 지은 허름한 집이지만 입춘방*을 써 붙였다.

    흥부는 글씨를 쓰며 흥에 겨워 중얼거렸다.

    "겨울 동(冬)에 갈 거(去) 자라, 겨울이 갔구나, 세상천지 좋을시고. 봄 춘(春) 자에 올 래(來) 자라, 봄이 왔도다. 푸른 그늘 짙어지고 풀꽃 향기 나니 날 비(飛) 자요, 우는 것은 짐승 수(獸)요, 나는 것은 새 조(鳥)로다. 삼월 삼 일 다 되어서 중국 소상강 기러기 떼

---

* **입춘방** 봄이 시작되는 입춘에 벽이나 문짝, 문지방 따위에 써 붙이는 글.

는 가겠다고 작별하고, 강남에서 온 제비는 왔다고 인사를 하는데, 오대양 넓은 바다에 앉아 있다가 이리저리 넘놀면서 나를 보고 좋다고 좋을 호(好) 자로 지지배배 지저귀는구나."

그러다 흥부는 처마 끝에 와서 지저귀는 제비를 보고 타일렀다.

"제비야, 너는 왜 넓고 좋은 남들 집 다 제쳐 두고 수숫대로 만든 우리 집에 와서 집을 지으려 하니? 그러다 오뉴월 장마에 털썩 무너지면 낭패를 보지 않겠니? 다른 집에 가서 집을 지으렴."

제비는 흥부의 그런 걱정을 아는지 모르는지 흥부네 처마 밑에 흙을 물어다 집을 지었다. 그리고 그 둥지에 알을 낳았고, 얼마 뒤에는 새끼들이 태어났다. 갓 태어난 새끼는 어미가 물어다 주는 모이를 먹으며 날갯짓을 연습했다.

그러던 어느 날, 커다란 구렁이 한 마리가 제비 집에 다가가 새끼들을 먹어 치우는 게 아닌가. 그 모양을 본 흥부가 깜짝 놀라 소리를 질렀다.

"흉악한 짐승 놈아. 좋은 음식이 많고 많은데 왜 죄 없는 제비 새끼들을 먹어 치우냐? 옛말에 상나라 대성 황제도 새의 알에서 나왔다더라. 제비는 인간의 곡식을 먹지 않고 해를 끼치지도 않는다. 그러니 해마다 옛 주인을 찾아오는 저 제비의 마음이 얼마나 다정하겠니? 그런데 네가 새끼들을 다 잡아먹었으니 얼마나 불쌍하냐. 네 이놈, 대가리 보는 것만으로도 흉악하구나."

흥부가 야단을 치는데, 갑자기 제비 새끼 한 마리가 공중에서 툭 떨어졌다. 제비는 대나무에 발이 빠져 두 발목이 부러지면서 피를 줄줄 흘렸다.

흥부가 바들바들 떠는 제비 새끼를 얼른 집어 들고 불쌍해 어쩔 줄 몰랐다.

"아이고 불쌍하구나, 새끼 제비야. 옛날 상나라 탕왕은 짐승들까지 사랑으로 길러 냈다던데, 너는 이렇게 되고 말았구나. 에구, 가련하기도 해라."

흥부가 아내를 향해 다급하게 소리 질렀다.

"여보, 애들 엄마. 집에

명주실 있소?"

"굶기를 부잣집 밥 먹듯 하는 집안인데 명주실은 무슨 명주실이에요."

그렇게 말하며 흥부의 아내가 자투리 실을 한 오라기 가져다주었다.

흥부는 칠산 조기의 껍질을 구해 제비 새끼 다리를 싸고, 실로 찬찬히 동여 찬 이슬 맺힌 곳에 놓아두었다.

십여 일이 지나자 제비의 다리가 비로소 다 나았다.

제비는 다시 따뜻한 곳을 찾아 떠나야 했다. 날갯짓을 하며 떠날 채비를 하는 제비를 보고 흥부는 마음에 슬픔이 가득 차 말했다.

"먼 길 조심해서 잘 가고, 내년 삼월에 다시 보자."

다리를 다쳤던 제비는 날개를 펴고 바람에 맞서며 가볍게 날아오르더니 흰 구름을 스쳤다. 밤낮을 그렇게 날아 마침내 강남에 도착했다.

제비의 황제가 제비를 보고 물었다.

"너는 왜 다리를 저느냐?"

제비가 공손히 대답했다.

"제 부모님이 조선의 흥부라는 사람 처마 밑에 집을 짓고 저희 형제들을 낳았습니다. 그런데 갑자기 큰 구렁이를 만나 저희 형제

들은 다 죽었습니다. 저는 죽지 않으려고 바르작거리다가 집에서
뚝 떨어져 두 발목이 부러졌지요. 제가 피를 흘리며 바들바들 떠는
것을 보고 흥부가 지극정성으로 보살펴 주어 이렇게 돌아올 수 있
었습니다. 흥부의 은혜를 십분의 일이라도 갚고 싶습니다."

　　제비의 말을 들은 제비 황제가 명령을 내렸다.

　　"그런 은혜를 모른다면 금수만도 못할 것이다. 흥부에게 박씨를
가져다주어 은혜를 갚도록 하라."

　　이듬해 삼월 삼일이 되었다. 제비가 다시 흥부네 집을 향해 힘
차게 날았다.

　　제비는 하늘에 둥실 떠서 여러 날을 날갯
짓한 뒤에야 흥부네 집에 다다를 수 있었다.

　　흥부네 집 마당 위에서 빙빙 도는
제비는 검은 용이 여의주를 물고 오
색구름 사이를 넘나드는 것 같았고,
봉황새가 대나무 열매를 입에 물고
오동나무를 넘나드는 것도 같았고,
봄에 꾀꼬리가 나비를 물고 버드나무

강가에서 노는 것도 같았다.

제비가 이리 기웃 저리 기웃하며 나는 것을 보고 흥부의 아내가 눈물을 흘리며 말했다.

"여보, 여보. 작년에 갔던 제비가 뭐를 입에 물고 와서 이리저리 왔다 갔다 하며 날아다니네요."

아내의 말이 끝나자 제비는 물고 있던 박씨를 흥부 앞에 툭 떨어뜨렸다. 흥부가 얼른 주워서 살펴보니, 씨 한가운데 '보은표'라는 글자가 금으로 새겨져 있었다.

"보은표라니, 은혜를 갚는 박씨라는 말인가 보네. 옛날에 뱀이 구슬을 물어다가 은혜를 갚았다더니, 이 제비도 나를 생각해서 이것을 가져왔나 보군. 이 박씨야말로 보물인가 봐."

흥부의 아내도 맞장구를 쳤다.

"그런가 봐요. 가운데 누르스름한 것이 아마 금인가 봐요."

"금이라니? 세상에 금은 초나라, 한나라 때 진평이라는 사람이 범아부라는 이를 쫓으려고 황금 4만 근을 쓴 이후로 다 없어졌다던데."

흥부가 농으로 아내의 말을 받았다.

아내가 또 농으로 한마디 했다.

"금이 아니면 옥이 틀림없겠지요?"

"허허, 옥도 이제는 세상에 없어요. 중국 곤륜산에 불이 나서

옥도 돌도 다 타 버렸으니 옥일 리가 있겠소."

"그럼 야광주가 아닐까요?"

"야광주도 이제는 없소. 위나라 혜왕이 야광주를 다 깨 버렸으니 있을 리가 없소.

"그럼 유리나 호박 같은 보석이 틀림없어요."

"그것도 아니오. 주나라 세종에게 바치려고 유리나 호박을 다 술잔으로 만들었지 않소."

"아이고, 그럼 쇠인가 봐요."

"쇠도 없소. 진시황이 쇠를 전부 모아 금칠한 사람 열둘을 만들었으니 세상에 쇠는 없소."

"그러면 산호 보석인가요?"

"산호도 없다네. 옛 소설에 남해 용왕 광리왕이 물속의 보물을 다 가져갔다고 했으니, 산호가 있을 리가 없소."

흥부가 다 아니라며 고개를 가로젓자 아내가 제비를 쳐다보며 물었다.

"그럼 대체 이것이 무엇이란 말이냐?"

"지지배배, 지지배배."

제비가 크게 울었다.

흥부가 그제야 웃으며 한마디 했다.

"옳다, 이것이 바로 박씨로구나."

두 사람은 날을 잡아 동쪽 처마 담장 아래 박씨를 심었다.

박씨는 심은 지 삼사일 만에 싹이 나고 순이 오르더니, 마디마디마다 잎이 나고 줄기줄기마다 꽃이 피었다. 시간이 흐르자 박 덩굴에서 네 통의 박이 열렸다.

흥부가 커다랗게 자란 박을 보고 유식한 체하며 문자를 써서 말했다.

"유월에 꽃이 지더니 칠월에 열매가 맺혔구나. 큰 놈은 항아리 같고 작은 놈은 화분만 하네. 이 어찌 아니 좋겠나? 여보, 사람이 가난해지면 비단도 밥 한 끼와 바꾼다고 해서, 비단이 한 끼라는 말도 있지 않소. 저 박 한 통을 따서 속일랑 지져 먹고, 바가지는 팔아 밥을 지어 먹어 보세."

흥부 아내가 남편의 말을 받았다.

"네, 그 박이 튼실하니 한로*가 지난 다음에 속이 더 차면 따 보지요."

＊**한로** 24절기의 하나. 10월 8일경이다.

●

"슬근슬근 톱질이야. 우리 부부 가난이

온 고을에 유명하여 밤낮으로 서러웠지.

뜻밖에 천 냥을 하루아침에 얻었으니, 어찌 좋지 않겠는가.

슬근슬근 톱질이야, 어서 타세 톱질이야."

●

흥부, 슬근슬근 박을 타다

그 달 저 달이 다 지나고 팔구월에 다다르자 박은 아주 튼튼하고 속이 꽉 차게 자랐다.

부부가 박 하나를 따서 톱으로 커며 가락에 맞춰 노래를 불렀다.

"슬근슬근 톱질이야, 당겨 주소 톱질이야. 북으로 난 창문에 달은 차고, 소리는 끊이지 않는구나. 에라 좋다, 부엌 바가지라도 좋구나. 집안 자손 만세토록 평안하니, 살림살이 박도 좋구나. 슬근슬근 톱질이야."

흥부가 제법 안다고 시를 몇 구절 읊으며 박을 켰다.

그렇게 톱질 몇 번에 박을 툭 타 놓으니, 갑자기 오색구름이 뭉게뭉게 일어나며 푸른 옷을 입은 동자 한 쌍이 나왔다. 그 동자는

불로초가 난다는 중국 봉래산에서 학을 부르던 동자거나 천태산에서 약초를 캐던 동자가 분명했다.

동자는 왼손에 유리로 만든 밥상을, 오른손에는 바다거북 껍데기로 만든 대모 보석 밥상을 들고 서 있었다. 그러더니 상을 눈 위로 높이 들고 인사를 두 번 하고는 말했다.

"은으로 만든 병에 넣은 것은 죽은 사람을 살려 내는 환혼주이고, 백옥으로 된 병에 넣은 것은 소경 눈을 뜨게 하는 개안주이며, 금종이로 병 주둥이를 막아 놓은 것은 벙어리를 말하게 하는 개언초이고, 대모 접시에는 불로초가, 유리 접시에는 불사약이 담겨 있습니다. 값으로 따지면 억만 냥이 넘을 겁니다. 팔아서 쓰십시오."

말을 마친 동자는 순식간에 사라져 버리고, 부부의 눈앞에는 동자가 가져온 물건만 남았다. 흥부는 어안이 벙벙하다가 비로소 상황을 눈치채고 덩실덩실 춤을 추며 말했다.

"얼씨구절씨구, 좋구나. 세상에 부자가 많다지만 사람 살리는 약을 누가 가지고 있겠나."

"누가 우리 집에서 약을 사려고 하겠어요? 그깟 것 밥만도 못한 것이군요."

아내의 볼멘소리에 흥부가 얼른 다른 박을 가리켰다.

"그럼 저 박 속에는 밥이 들었나 타 봅시다."

부부가 다시 박을 가운데 두고 마주 앉아 흥얼거리며 박을 탔다.

"슬근슬근 톱질이야. 우리 부부 가난이 온 고을에 유명하여 밤낮으로 서러웠지. 뜻밖에 천 냥을 하루아침에 얻었으니, 어찌 좋지 않겠는가. 슬근슬근 톱질이야, 어서 타세 톱질이야."

두 번째 박이 쫙 갈라졌다.

이번에는 박 속에 온갖 세간이 들어 있었다. 자개장, 용무늬 옷장, 봉황 무늬 옷장, 나무로 만든 거울 걸이와 요강 같은 것들이 늘어서 있었다. 원앙금침에 잣 모양으로 꾸민 베개도 쌓여 있었다. 사랑방에 놓아둘 온갖 세간도 있었다. 책상, 벼룻집, 책장, 연적이 있는가 하면 《동몽선습》, 《논어》, 《소학》 같은 책도 있었다. 부엌에서 쓰는 물건도 한가득이었다. 놋쇠 솥, 곱돌솥, 무쇠 가마부터 동래 반상기, 안성 유기뿐만 아니라 함박, 쪽박, 항아리에 온갖 체들도 있었다. 김칫독, 장독에 가마까지 없는 것이 없었다.

물건들이 꾸역꾸역 나오자 흥부 부부는 신이 날 대로 났다.

흥부는 얼른 또 박을 하나 가져다 타며 노래를 불렀다.

"슬근슬근 톱질이야. 부자 되는 헛꿈을 꾸었는데 하루아침에 얻었으니 즐겁고 또 즐겁다. 슬근슬근 톱질이야."

세 번째 박에서는 집과 오곡이 다 쏟아져 나왔다.

명당에 집터를 닦은 뒤에 안방, 대청, 행랑채, 몸채, 옆에 달린 칸을 갖추고, 살을 박아 만든 창, 가로닫이 문을 단 '입 구(口)' 자

집이었다. 앞뒤로 정원이 있고, 마구간과 곳간이 집 좌우에 놓여 있었다.

창고에는 온갖 곡식이 다 있었다. 동쪽 곳간에 벼 오천 가마, 서쪽 곳간에 쌀 오천 가마, 콩 오천 가마, 참깨와 들깨가 각각 삼천 가마였고, 돈 십만구천 냥은 금고 안에 쌓여 있었다. 수시로 쓸 돈 오백열 냥은 벽장 안에 따로 놓여 있었다.

비단도 어마어마하게 많았다. 모단, 대단, 이광단, 궁초, 숙초, 쌍문초, 제갈공명 와룡단, 조자룡의 상사단, 뭉게뭉게 운문대단*, 또르락 꿈벅 말굽 장단, 해 돋았다 일광단, 달 돋았다 월광단, 서왕모의 천도문, 아흔 해 봄의 명주문, 엄동설한 육화문, 대접문, 완자문, 한단, 영초단 등 온갖 비단들이 다 들어 있었다. 길주 명천 좋은 베, 회령 종성 고운 베와 갖가지 모시도 많고 많았다. 고양 화전의 이 생원 맏딸이 보름이나 걸려야 겨우 만들어 낸다는 유명한 무명도 있었다.

그뿐인가. 집안일을 거들 종도 생겼다. 날쌘 사내종과 아이종, 계집종들이 심부름을 했고, 우걱부리, 잣박부리, 사족발이, 고리눈이 앞뜰에도 노적이고 뒤뜰에도 노적이고, 안방에도 노적, 마루에도 노적, 부엌에도 노적, 가득가득 노적이니 어찌 좋지 않겠는가.

* **운문대단** 구름무늬가 있는 중국 비단.

흥부 아내가 어쩔 줄 몰라 하며 말했다.

"여보, 우리는 옷이 없으니 이 비단으로 온몸을 감아 봅시다."

흥부도 신이 나서 덤불 밑에 있는 조그만 박을 한 통 땄다. 그랬더니 흥부의 아내가 얼른 말리고 나섰다.

"여보, 그 박일랑 타지 맙시다."

"왜? 내 복이 담긴 박이니 켜 봐야겠소."

흥부가 마지막 박을 슬근슬근 탔다. 박이 갈라지자 박 속에서 예쁜 여자가 나오더니 흥부에게 다소곳이 절을 했다. 흥부가 깜짝 놀라며 물었다.

"누구십니까?"

"비입니다."

"비라니? 무슨 비요?"

"양귀비입니다."

"양귀비가 왜 여기 왔소?"

"강남 황제가 나에게 당신의 첩이 되라고 명령을 하여 여기 오게 되었습니다."

흥부는 좋아서 입이 귀에 걸렸다. 그러나 아내는 입이 댓 발쯤 나와 투덜댔다.

"애고, 저 꼴을 어찌 볼까? 그렇게 내가 그 박은 켜지 말자고 하지 않았소."

●

"저게 뭐냐?"

"그게 화초장입니다."

놀부가 또 욕심을 냈다.

"날 다오."

흥부가 할 수 없이 고개를 끄덕이며 말했다.

"그러면 종을 시켜 보내 드릴게요."

●

부자가
화초장도 모르오?

흥부는 박을 타서 온갖 재물을 얻어 호의호식하며 살았다.

놀부는 흥부의 소식을 듣고 곰곰 생각했다.

'내가 우격다짐으로 흥부 놈 재물을 반은 빼앗아 오리라.'

놀부는 부리나케 흥부네 집으로 달려갔다. 그러고는 문밖에서 냅다 소리를 질렀다.

"네 이놈 흥부야!"

흥부는 형님의 벼락같은 소리를 듣자마자 얼른 대답을 하고 뛰어나왔다. 흥부는 놀부 손을 덥석 잡으며 말했다.

"형님, 이게 웬일이십니까? 형제끼리 내외한다는 말은 이웃 나라에서도 들어 보지 못했으니 어서 들어가십시다."

놀부가 흥부의 손을 탁 뿌리치며 말했다.

"네가 요사이 밤이슬을 맞는다더구나."

흥부가 어이가 없어 물었다.

"그게 대체 무슨 말입니까?"

놀부가 흥부를 뚫어져라 노려보았다.

"네가 도둑질을 한다더라."

흥부가 펄쩍 뛰었다.

"형님, 당치도 않습니다!"

흥부는 놀부에게 그간의 일을 자세히 이야기해 주었다.

흥부의 말을 다 듣고 난 뒤, 놀부가 그제야 발을 뗐다.

"그렇다면 들어가 보자."

놀부가 집 안으로 들어서자 양귀비가 나와 공손히 인사를 했다.

양귀비를 본 놀부가 흥부를 돌아보며 물었다.

"웬 부인이냐?"

"제 첩입니다."

놀부가 재빨리 대답했다.

"아따, 네놈에게 첩이 다 뭐란 말이냐. 나를 다오."

"아직 사랑도 떼지 않았어요."

"이놈아, 네 것이 내 것이고 내 것이 네 것이지. 내 계집이 네 계집이요. 네 계집이 내 계집이니라."

놀부는 벌컥 역정을 내었다. 그러던 놀부 눈에 색이 화려한 화초장이 들어왔다. 놀부는 한 번 더 놀랐다.

"저게 뭐냐?"

"그게 화초장입니다."

놀부가 또 욕심을 냈다.

"날 다오."

흥부가 할 수 없이 고개를 끄덕이며 말했다.

"그러면 종을 시켜 보내 드릴게요."

놀부는 손을 내저었다.

"이놈, 너한테 무슨 종이 있다는 말이냐. 어서 질빵*을 걸어라. 내가 지고 가겠다."

흥부가 하는 수 없이 고개를 끄덕이며 말했다.

"그럼 그렇게 하세요."

흥부가 질빵을 걸어 주니 놀부는 화초장을 짊어

* **질빵** 짐을 질 수 있도록 어떤 물건에 연결한 줄.

지고 집으로 발걸음을 옮겼다.

'화초장…… 화초장…….'

놀부는 화초장이라는 이름을 잊어버릴까 봐 머릿속으로 계속 '화초장, 화초장' 하고 외우며 갔다.

놀부네로 돌아가는 길에는 개울이 하나 있었다. 놀부는 그 개천을 건너느라 펄쩍 뛰다가 그만 지금껏 외웠던 이름을 잊어버리고 말았다.

놀부는 지고 온 물건의 이름을 한참 생각하다가 혼자서 중얼거렸다.

'간장인가? 초장인가?'

집으로 돌아오니 놀부 아내가 물었다.

"등에 지고 오는 것이 무엇입니까?"

놀부가 태연히 되물었다.

"아니, 이게 뭔지도 모르나?"

"아이고, 모르니 묻지 알면 묻겠소."

아내의 말에 놀부가 어이없다는 듯 되물었다.

"정말 이게 무엇인지 모른단 말이오?"

아내가 긴가민가하는 말투로 대답했다.

"저 건너 양반집에서 화초장이라고 부르는 것 같긴 하던데."

그 말을 들은 놀부가 얼른 한마디 했다.

"내 아까부터 화초장이라고 했잖소."

가만히 생각하니 놀부는 계속 배가 아팠다. 찢어지게 가난했던 흥부가 감히 자기보다 부자가 되다니 믿을 수 없었다. 자기도 제비 다리를 고쳐 주고 더 큰 부자가 되고 싶었다.

그때부터 놀부는 제비를 기다렸다. 제비가 올 때도 아닌데 동지 섣달부터 한없이 기다렸다. 놀부는 그물과 막대기를 둘러메고 제비를 몰러 나서곤 했다.

그러던 어느 날, 하늘을 날던 새 한 마리가 놀부네 집으로 들어오는 게 아닌가.

그것을 보고 놀부가 소리를 쳤다.

"옳지, 제비가 이제야 오는구나."

자세히 보니 그놈은 제비가 아니라 태백산 갈까마귀였다. 갈까마귀는 차돌 하나 얻어먹지 못한 듯 굶주린 채, 푸른 하늘에 높이 떠서 '갈곡갈곡' 울면서 날아갔다.

놀부는 애먼 갈까마귀만 눈을 부릅뜨고 노려보다가 하는 수 없이 동네 집들을 돌아다니며 제비를 몰러 다녔다. 그러나 제비는 코빼기도 보이지 않았다.

시간은 이달 저 달 흘러 마침내 삼월 삼일이 되었다. 강남에서 온 제비들이 옛집을 찾아 오락가락하며 날아다니기 시작했다.

때가 됐다고 생각한 놀부는 자기 집 처마 밑 사방팔방에 제비 집 받침을 지어 놓고 제비들을 그 집으로 몰아들였다.

그중 팔자 사나운 제비 한 마리가 놀부네 터를 잡고 흙을 물어다 집을 짓고 알을 낳아 품었다.

놀부 놈이 밤낮으로 제비집 앞에 버티고 서서 가끔가끔 알을 만져 보았다. 하도 만져서 알들은 다 곯아 버리고 오직 한 개만이 부화가 되었다.

알에서 태어난 제비 새끼가 날개를 파드득거리며 날기 연습을 할 때였다. 놀부는 그 새끼를 해코지하면 되겠다 생각하고서 흥부네처럼 구렁이가 오기를 목을 빼고 기다렸지만 구렁이는 오지 않았다.

놀부는 답답하고 화가 나서 어쩌지 못하다가 제 손으로 제비 새끼를 잡아 두 발목을 자끈 부러뜨리고, 깜짝 놀라는 척하며 큰 소리로 외쳤다.

"아이고! 불쌍하구나, 제비야."

놀부는 흥부에게 들은 대로 조기 껍질을 구해다 부러뜨린 제비
발목에 동여매었다. 뱃놈이 닻줄 감듯이, 삼 층 얼레 연줄 감듯이
끈으로 묶은 뒤에 제비를 집에 얹어 두었다.

•

그 고생을 하고도 욕심을 버리지 못한 놀부가

허위허위 달려가 박 하나를 또 따 왔다.

"째보야, 이 박을 타 보자."

•

놀부,
세상에 없던 박을 타다

　시간이 흘러 마침내 구월 구일이 되었다. 놀부 때문에 다리가
부러졌던 제비는 강남에 가기 위해 날갯짓을 했다.
　제비는 두 날개를 활짝 펴고 날아올라 강남으로 향했고, 며칠을
날아 도착했다.
　그곳에서 강남의 제비 황제는 각지로 떠났던 제비들을 하나하
나 살펴보았다. 그때 놀부네서 태어난 제비가 다리를 절며 들어와
엎드려 인사를 했다.
　깜짝 놀란 제비 황제가 물었다.
　"어떻게 된 일인지 사실대로 아뢰어라."
　제비가 머리를 조아리고 말했다.

"작년에 박씨를 심어 부자가 된 흥부 아시지요. 그의 형 놀부란 놈이 이런저런 이유로 제 발을 부러뜨려 이렇게 되었습니다. 이 원수를 어떻게 갚을 수 있겠습니까?"

제비 황제가 크게 놀라며 명령을 내렸다.

"놀부 그놈은 논밭이 제법 많아 여유가 있는데도 삼강오륜*에 벗어난 짓을 저지르다니, 그냥 두고 볼 수가 없다. 반드시 네 원수를 갚아 주겠다."

제비 황제는 박씨 하나를 주었다. 그 박씨에는 원수를 갚는 박씨라는 뜻의 '보수표'라는 글자가 금으로 새겨져 있었다.

이듬해 삼월이 되었다. 제비가 고이 간직한 박씨를 물고 푸른 하늘로 날아올랐다. 제비는 흰 구름을 박차고 올라 날갯짓을 하며 높은 봉우리와 낮은 뫼를 넘고, 깊은 바다와 너른 시내, 개울, 바위를 훨훨 건너 놀부네 집을 향해 너울너울 날아갔다.

그리고 마침내 놀부네 집에 도착했다.

제비는 반가워하는 놀부 앞에 물고 있던 박씨를 툭 떨어뜨렸다. 놀부는 기뻐하며 박씨를 냉큼 주워서 뒤편 담장 처마 밑에 거름을 주고 심었다.

---

* **삼강오륜** 유교의 도덕에서 기본이 되는 세 가지의 강령과 지켜야 할 다섯 가지의 도리. 군위신강, 부위자강, 부위부강과 부자유친, 군신유의, 부부유별, 장유유서, 붕우유신을 통틀어 이른다.

박씨는 심은 지 사오일 뒤에 순이 나더니, 넝쿨이 뻗어 마디마다 잎이 나고 줄기마다 꽃이 피었다. 곧 박 십여 통이 열렸다.

놀부 놈은 기뻐 어쩔 줄 몰랐다.

"흥부는 네 통으로 부자가 되었으니 나는 더 큰 부자가 되겠구나. 옛날 진나라 부자였던 석숭 따위 행랑에 살라고 할 정도는 되겠지. 하는 일 없이 놀고먹던 예황제*를 부러워할 필요도 없겠다."

놀부는 손가락을 꼽아 가며 팔구월이 되기를 기다렸다.

마침내 때가 되었다. 놀부는 박을 켜기 전에 동네 김 씨, 이 씨, 이웃 총각, 쌍언청이를 다 불러 앞에 두고 박을 켜기 시작했다.

그중 째보*가 박을 켜기로 했다. 놀부는 부자 될 생각에 미리 마음이 흐뭇하여, 박 하나를 타는 데 열 냥씩 후하게 쳐주기로 했다.

첫 번째 박, 악사들

마침내 박을 켜기 시작했다.

"슬근슬근 톱질이야."

곧 박이 탁 두 쪽으로 갈라졌다. 박 속에서 한 떼의 거문고 연주

* **예황제** 별로 하는 일 없이 좋은 옷 입고 좋은 음식 먹으며 안락하게 지내는 왕.
* **째보** '언청이'를 놀림조로 이르는 말.

자들이 우르르 쏟아져 나왔다.

"자, 우리 놀부가 인심이 좋고 풍류를 좋아한다고 하니 한판 놀고 갑시다."

'둥덩둥덩, 둥덩둥덩.'

이렇게 악기 연주를 하였다.

놀부가 박을 켠 째보를 원망했다.

"에라이, 톱을 좀 제대로 당겨 봐! 네놈 콧소리에 보물이 저렇게 바뀌었나 보다. 여봐라, 그 거문고 소리 그만해라."

째보는 화가 치밀어 올랐지만 품삯은 받아야겠기에 입만 삐쭉거리고 아무 말도 하지 못했다. 놀부는 거문고 연주자들에게 돈 백 냥을 주어 겨우 돌려보냈다.

두 번째 박, 스님들

두 번째 박을 켜자 이번에는 늙은 스님들이 수도 없이 많이 나왔다. 그들이 일제히 목탁을 두드리며 말했다.

"우리는 강남 황제 궁궐의 절에 있는 스님입니다. 우리에게 시주를 하십시오."

놀부가 어이없어하며 돈 5백 냥을 주어 돌려보냈다.

그것을 본 째보가 이죽거리며 한마디 했다.

"이것도 내 탓인가?"

놀부는 째보의 얼굴을 보니 더 화가 치밀었다. 그래도 째보에게 화를 낼 수는 없었다.

세 번째 박, 상을 당한 사람

놀부는 홧김에 박을 한 통 더 따 왔다.

그러자 놀부의 아내가 말리고 나섰다.

"제발 그만 켭시다. 계속 박을 켰다가는 패가망신할 것 같아요. 그만합시다."

놀부가 화를 벌컥 냈다.

"좀스러운 계집년이 뭘 아는 체 방정맞게 날뛰어?"

놀부는 들은 체 만 체하더니 세 번째 박을 켰다.

이번에는 박 속에서 상을 당한 사람 하나가 상복을 입고 나왔다. 그러더니 곡소리로 노래를 시작했다.

"어이어이 이보시오, 어화 어이 벗님이야, 통자 운을 달아 박을 세어 보세. 강릉 삼척 꿀벌통, 속이 답답한 흉복통, 오랑캐 난리통에 서서 먹는 밥그릇 입식통이요, 관청 포수의 화약통, 아기 어미 젖통, 이 통 저 통 다 터지니 놀부의 애통이라. 어서 박을 타라 이놈 놀부야. 네 상전이 죽었으니 네 안방을 치우고 제물을 차려라."

노래를 부르며 아이고아이고 곡을 하니 놀부가 하는 수 없이 돈 5천 냥을 주어 보냈다.

네 번째 박, 무당들

그다음 박에는 팔도 무당이 가지각색 소리를 하며 뭉게뭉게 나왔다.

"이 세상에 온 여자 귀신님 노십시오. 밤은 다섯, 낮은 일곱, 유리 여섯, 사십 용왕, 팔만 황제도 노십시오. 내 집 귀신은 기와집 귀신이요, 네 집 귀신은 초가집 귀신이라. 집집마다 망태기 귀신, 오두막 귀신, 집안 귀신들이여 계절마다 노십시오. 젊은 귀신 열일곱, 중년 귀신 스물일곱, 마지막 귀신 쉰일곱, 세 귀신들이여 노십시오."

한 무당이 그렇게 소리를 열자 다른 무당이 기다렸다는 듯 이어서 나섰다.

"성황당 뻐꾸기야 너는 어이 우짖느냐? 속 빈 회양나무에 새잎 나라고 우짖는다. 새잎이 다 떨어지니 속잎 날까 하노라. 넋이야, 넋이로다. 버드나무 푸른 산 앞에 세월이 저무는구나. 세상과 영영 이별하니 정해진 운수가 없는 길이로구나. 어화, 제석신이여, 큰 제석신, 작은 제석신, 여러 부처 제석신, 하늘 계신 제석신, 내 몸에 내린 벼락같은 귀신이여."

그 무당은 온갖 귀신들을 불러 댔다.

또 다른 무당이 그 소리를 이어받아 노래를 불렀다.

"바람아, 월궁의 달이로다. 햇빛 달빛 신이 내려오시네. 제물

을 드리니 내려오소서. 하루는 열두 시, 한 달 서른 날, 일 년 열두 달, 윤년은 열세 달, 온갖 일을 도와주시는 안광당과 국사당의 신이시여, 개성 덕물산에 있는 최영 장군의 신이시여, 왕십리 아기씨 당의 신이시여, 고개고개마다 자리 잡고 계신 성황당의 신이시여, 제물을 드리니 내려오소서."

무당들은 저마다 목청을 높여 노래를 불렀다. 놀부는 그 모습을 보고 식혜 먹은 고양이처럼 얼굴을 찡그렸다. 그러든지 말든지 무당들은 장구를 치면서 놀부의 가슴과 배를 탁탁 두드리며 난리를 쳤다.

놀부가 울면서 물었다.

"대체 왜 이러는지 알고나 죽읍시다."

무당 한 명이 나서서 대답했다.

"우리가 시원하게 굿을 해 주었으니 굿을 한 값을 내야지. 한 푼이 모자라지도 남지도 않게 꼭 5천 냥만 내면 해결될 것이다."

놀부는 울며 겨자 먹기로 5천 냥을 주었다. 그러자 신기하게도 무당들이 싹 사라졌다.

다섯 번째 박, 짐꾼들

악에 받친 놀부는 또 박을 하나 따 놓고 째보에게 당부를 했다.

"이전의 박들은 다 헛것이 돼 버렸으니 또 뭐라고 할 개아들*이 없을 것이다. 어서 톱질을 시작하자."

"이번에도 문제가 생기면 내 탓을 하려고? 헛소리할 거면 복 많은 다른 사람보고 타게 하시게."

째보가 한발 뒤로 뺐다.

놀부는 어서 박을 탈 생각으로 째보를 달랬다.

"여보게, 뭘 그리 속 좁게 생각하나. 내가 맹세를 하겠네. 만일 또 자네 탓을 하면 내 뺨을 개 뺨 치듯 때리게."

그래도 망설이는 째보에게 선금 열 냥을 주었더니, 그제야 째보가 생각을 고쳐먹고 박을 타기 시작했다.

박을 반 정도 타는 도중에 놀부는 잠시 톱질을 멈추게 하고, 귀를 박에 가져다 대 들어 보거나 눈이 튀어나올 정도로 속을 들여다보기도 했다.

그런데 자세히 보니 박 속에 금빛이 비치고 있는 게 아닌가. 놀부는 낌새를 챈 척하며 환호성을 질렀다.

"야, 째보야. 저것 보이느냐? 이번에는 완전한 금항아리가 나오

---

* **개아들** 행실이 나쁘거나 매우 못된 남자를 비속하게 이르는 말.

는 게 분명하구나. 어서 타고 보자."

슬근슬근 톱질이야 노래를 부르며 박을 툭 타 놓고 보니, 박 속에서 만여 명이나 되는 짐꾼들이 누런 상자를 지고 나왔다.

놀부가 깜짝 놀라 물었다.

"그것이 무엇이요?"

짐꾼 중 하나가 대답했다.

"경이요."

"경이라니, 얼굴 보는 면경이오? 돌로 만든 석경이오? 멀리 보는 천리경이나 만리경이오? 그게 무슨 경이오?"

짐꾼이 너스레를 떨었다.

"요지경이오. 얼씨구절씨구 옛날 주나라 목왕이 서왕모를 만나 벌인 잔치 요지연을 둘러보시오. 소설 《숙향전》에 나온 이선이 만난 숙향이요, 당나라 현종의 양귀비요, 항우의 우미인이요, 여포 아내는 초선이요, 소설 《구운몽》의 팔선녀는 영양 공주, 난양 공주, 진채봉, 가춘운, 심요연, 백능파, 계섬월, 적경홍이요, 다 요지경이니 둘러보시오."

그렇게 노래를 읊어 대며 짐꾼들은 놀부의 집을 번쩍 들어 올렸다. 놀부가 할 수 없이 돈 5백 냥을 주어 보냈다.

여섯 번째 박, 초라니*들

놀부는 다음 박에는 좋은 게 나올지 모른다며 또다시 박을 탔다.

그러자 이번에는 붉은 저고리에 흰 치마를 입은, 이상한 여자 탈을 쓴 초라니가 천여 명 툭 튀어나와 오두방정을 떨었다.

"바람아, 바람아. 회오리바람이 불렀느냐, 동남풍이 불렀느냐.

* **초라니** 음력 섣달 그믐날에 묵은해의 마귀와 사신을 쫓아내려고 베풀던 의식을 거행하던 이들. 기괴한 계집 형상의 탈을 쓰고 붉은 저고리에 푸른 치마를 입고 긴 대의 깃발을 흔든다.

자, '대' 자로 끝나게 운을 한번 달아 보자. 중국 하나라 걸왕의 궁궐 경궁요대*, 상나라 주왕이 미녀 달기와 사랑을 주고받던 녹대*로 올라간다. 멀고 먼 중국 남경에 있는 봉황대, 보기 좋은 춘추 전국 시대 오나라의 고소대, 창경궁의 과거 시험 보던 춘당대, 궁궐 지키는 병사들이 있던 오마대, 한나라 무제가 지은 백양대, 조조가 쌓은 동작대, 천대 만대 온갖 대로다. 온통 대로구나, 대대야."

'대' 자를 마구 주워 대던 초라니들이 우르르 달려들어 놀부의 덜미를 잡아 가로로 집어던졌다. 놀부가 거꾸로 떨어지며 비명을 질러 댔다.

"아이고아이고, 이게 웬일이요. 생사람 병신 만들지 말고 분부만 하면 하라는 대로 다 하겠습니다."

놀부는 손이 발이 되도록 빌고 빌었다.

"네 이놈. 목숨이 귀하냐, 돈이 귀하냐? 네 목숨을 살리려거든 돈 5천 냥을 내놓아라."

아무리 앙탈을 해도 어쩔 수 없을 것이 뻔했다. 놀부는 돈 5천 냥을 내다 주면서 그래도 한마디를 했다.

"앞으로 탈 박에 대체 무엇이 있습니까? 좀 알려 주십시오."

* **경궁요대** 옥으로 장식한 궁전과 누각이라는 뜻으로, 호화로운 궁전을 이르는 말.
* **녹대** 중국 상나라의 주왕이 재물과 금은보화를 모아 두던 곳.

"각각 통에 담긴 것들이 가지각색이라 자세히는 알 수 없다. 허나 어느 통에는 분명 금이 담겨 있으니 반드시 타 보거라."

초라니는 그런 말을 남기고 흔적도 없이 사라졌다.

일곱 번째 박, 양반들

놀부는 초라니의 말을 듣더니, 얼른 박 한 통을 또 따다 놓고 째 보더러 켜라고 했다.

"이 사람아, 그만 켜세. 남은 박에 뭐가 들었는지는 모를 일이지만, 그래도 돈 주고 매 맞는 자네 모양을 보니 내가 박을 탈 수가 없네. 그만 쉬다가 사흘쯤 지나서 또 타 보세."

"아무렴 오죽할까. 나한테 아직 돈냥이 남아 있으니 또 그러건 말건 마저 타 보세."

놀부는 째보의 말을 듣지 않고 우겨 댔다.

째보가 한숨을 쉬며 말했다.

"자네 마음이 그렇다니 굳이 말리지는 못하겠는데, 이번에는 박 타는 품삯을 미리 주게."

놀부가 또 열 냥을 먼저 째보에게 주었다.

그런데 한참 박에 귀를 대고 들어 보니 박 속에서 사람들이 숙덕거리는 소리가 났다. 놀부가 그 소리를 듣고 가슴이 끔찍하여 미어지는 듯 숨이 차서 헐떡이다가, 한마디 비명을 지르며 뒤로 자빠졌다.

박을 타던 째보가 톱질을 멈추고 물었다.

"뭘 보고 그렇게 놀라나?"

"귀가 먹었나? 이 소리가 안 들려? 이 박은 그만둘 수밖에, 어쩔 수 없네."

놀부가 두려움에 떨며 말했다.

그러자 박 속에서 불호령이 떨어졌다.

"네 이놈 놀부야, 그만둔다는 게 무슨 말이더냐? 어서 박을 타거라."

할 수 없이 박을 마저 타자 이번에는 양반 천여 명이 나왔다. 그들은 말총 망태를 쓰거나 벙거지를 쓴 놈들을 데리고 나오면서 풍월을 읊어 댔다.

"서남쪽 협곡 입구의 무산은 푸르고, 큰 강 물결 날리니 귀신이 연기를 끌고 가네, 가을 강이 적막하니 물고기와 자라도 추운데, 위나라 왕찬이란 사람처럼 서풍을 맞으며 성루에 올랐도다."

그러다 돌연《대학》도 읽고,《맹자》도 읽으며 집을 뒤지기 시작했다. 이 모양을 본 놀부가 뒤로 몸을 빼 도망치려 하였다.

양반이 그 모습을 보고 소리를 냅다 질렀다.

"하인 없느냐? 저놈이 박 타는 걸 끝을 내려 하니 어서 잡아라."

명령이 떨어지자 하인들 여럿이 달려들어 놀부의 눈에서 불이

번쩍 나도록 뺨을 후려쳤다. 또 덜미를 후려잡으니 놀부가 오줌을 줄줄 쌌다.

양반이 다시 명령을 내렸다.

"그놈의 대가리를 빼다 밑구멍에 박아라. 네가 달아나면 살아날 수 있을 것 같으냐? 바람이라고 하늘로 올라가며, 두더지라고 땅으로 들어가겠느냐? 상전도 모르고 거만하니, 저런 놈은 매로 쳐 죽이리라."

"정말 몰랐습니다. 생원님, 제발 살려 주십시오."

놀부가 두 손을 싹싹 빌었다.

양반이 하인을 불러 함을 열게 하더니 문서를 꺼내 주섬주섬 펼쳐 놓고 말했다.

"네 이놈, 이 문서를 보아라. 너는 삼대가 우리 종이다. 오늘에야 너를 찾았으니 잘됐다. 노비를 면하려거든 돈을 내거라. 그렇지 않으면 너를 잡아 다시 종으로 부리겠다."

놀부가 굽실거리며 물었다.

"소인이 자세한 사정을 몰랐습니다. 노비를 면하려면 얼마를 내야 합니까?"

"어찌 많이야 받겠느냐. 허허, 5천 냥만 내고 노비 문서를 찾아가거라."

양반의 말에 놀부가 냅다 방으로 달려가 얼른 금고를 열고 5천

냥을 내다 주었다.

그 모습을 본 놀부 아내가 땅을 치며 통곡을 하였다.

"아이고, 아이고, 원수의 박이네. 난데없이 상전이라고 나서서 노비 면하라는 것은 또 무슨 말인가? 그 많은 돈을 그냥 줄 수 없으니 못할 노릇 그만하시오."

놀부는 소리를 버럭 질렀다.

"에라 이년아, 썩 물렀거라. 또 일이 틀려 버릴라. 이번 돈 준 것은 아깝지 않다. 상전을 두고 살 수는 없지 않느냐. 남들 모르게 잘 떼어 버렸다."

놀부는 한 치의 후회도 없어 보였다.

여덟 번째 박, 사당거사*

놀부가 얼른 박 넝쿨 있는 곳으로 가 보니, 아직도 박이 여러 개 남아 있었다.

또 박 한 통을 따다 놓고 타려고 하는데, 째보가 나서서 흥정을 했다.

"이번에도 먼저 돈을 주지 않겠나? 일은 일대로 잘할 테니 먼저 삯을 주게."

놀부가 조건을 내걸었다.

"지금껏 공연히 매만 맞고 생돈만 들어가지 않았나. 나도 원통하니 이번부터는 두 통에 열 냥으로 하지."

째보가 좋다고 고개를 끄덕이고 다시 박을 타기 시작했다.

박을 절반쯤 타다가 귀를 기울이니, 박 속에서 작은 북을 치는 소리가 들렸다.

겁이 난 놀부가 어쩌지 못하고 째보에게 물었다.

"째보야, 이를 또 어쩐단 말이냐?"

"이왕 시작한 일이니 어서 타고 구경을 해 보세. 슬근슬근 톱질이야."

째보가 톱을 재게 놀렸다.

* **사당거사** 돌아다니며 노래와 춤 따위를 팔았던 사당패에서, 각 종목의 으뜸가는 사람.

이윽고 박을 툭 타 놓으니 박 속에서 사당패의 사당거사들이 만여 명 쏟아져 나왔다. 그들은 소고를 치고 각자 소리를 하며 뭉게뭉게 몰려나왔다.

"오동추야* 달 밝은 밤에 님 생각이 새로워라. 님도 나를 생각하는가?"

그들은 노래를 목청껏 불러 댔다. 방아 타령, 유산가, 달거리 같은 타령이나 춘면곡, 권주가 같은 온갖 가사를 부르기도 했다. 패랭이를 쓴 짐꾼 같은 거사들이 길을 안내하고, 번개같이 빠르게 작은 북을 치는가 하면, 긴 염불 짧은 염불을 외기도 했다. 한편으로는 놀부를 번쩍 들고 헹가래를 치니, 놀부는 오장육부가 튀어나올 것만 같아 살려 달라고 애걸을 했다.

"네 목숨을 지탱하려면 논문서와 밭문서를 죄다 내오너라."

사당거사들이 호통을 치자 놀부는 할 수 없이 전답 문서를 주고 돌려보냈다.

아홉 번째 박, 건달

놀부가 다음 박을 탈까 말까 망설이자 째보가 재촉을 했다.

"나도 집에 일이 많아 박만 타고 있을 수 없다네. 그러니 미적

---

* **오동추야** 오동잎 떨어지는 가을밤.

거리지 말고 얼른 따 오게. 설마 끝까지 좋은 일이 없을까?"

놀부는 마음이 동하여 또 박을 하나 따 왔다.

아니나 다를까. 이번에는 건달들이 몰려나왔다. 누가누가 나왔나 살펴보니 대강 이런 작자들이었다. 이죽이, 떠죽이, 난죽이, 왓죽이, 모죽이, 바금이, 딱정이, 거절이, 군평이, 털펑이, 태평이, 여숙이, 무숙이, 팥 껍질, 나돌몽이, 쥐어부딪치기, 난장몽둥이, 아귀쇠, 악착이, 모로기, 변통이, 구변이, 광면이, 잣박쇠, 믿음이, 섭섭이, 든든이, 우리 몽술이 아들놈 같은 온갖 건달들이 휘몰아나와 차례차례로 앉더니 놀부를 끌어다 밧줄로 찬찬 동여매 나무에 거꾸로 매달았다.

그중 한 놈이 팔을 걷어붙이고 놀부를 족치려고 안달이었다. 나머지 건달들도 서로 의견을 나누었다. 한 건달이 제안했다.

"이렇게 모이기 쉽지 않으니, 놀부 놈은 나중에 발가벗겨 죽이기로 하고 실컷 놀다가 헤어지는 게 어떻소?"

다른 건달들이 다 좋다고 하며 자리를 잡고 앉았다. 털펑이가 앞에 앉아 입을 열었다.

"우리 잘하든 못하든 단가*나 하나씩 부딪쳐 보세. 만일 입도 못 여는 친구가 있으면 떡이 되도록 매질을 하기로 하세."

---

* **단가** 판소리를 부르기 전에 목을 풀기 위하여 부르는 짧은 노래.

모두 좋다고 고개를 끄덕였다. 털평이가 먼저 콧소리로 노래를 시작했다.

"새벽 비 오는 날 갠 뒤에 일 나서라, 아이들아. 뒷산에 고사리가 하마 아니 자랐으랴. 오늘은 일찍 꺾어 오너라, 새 술 안주 하여 보자."

무숙이, 군평이, 아귀쇠, 바금이, 떠죽이가 차례로 노래를 했다. 그다음에는 구변이가 노래를 했다.

"곱사등이 발꿈치로 탁탁 치기, 아이 밴 계집 배 차기, 옹기장수 작대기 차기, 불붙는 데 키질하기, 해산한 데 개 잡기, 천연두 걸린 집 울타리 밑에 말뚝 박기, 서로 싸우는 데 그놈의 허리띠 끊고 달아나기, 달리기하는 데 발 내밀기라."

그다음에는 차례로 서로에게 사는 곳을 물었다.

"저기 저분은 어디 사시오?"

지목받은 놈이 대답했다.

"내 집은 왕골이라는 데요."

그 말을 들은 군평이가 따져 묻듯이 한마디 했다.

"댁이 왕골 산다고 하셨소? 임금 왕 자 왕골일 테니, 대궐 앞에 사시오?"

군평이는 대꾸도 듣지 않고 또 다른 사람에게 물었다.

"저분은 어디 사시오?"

"나는 하늘골 삽니다."

이번에도 군평이가 나서서 토를 달았다.

"아하, 사직이라는 마을이 하늘을 위한 마을이니, 사직골에 사시는군요."

질문은 또 다른 이에게로 넘어갔다.

"저분은 어디 사시오?"

"나는 문안* 문밖 삽니다."

군평이가 또 나섰다.

"그것도 알겠네. 문안 문밖 산다고 하니 대문 안, 중문 밖이지. 그럼 행랑어멈* 자식인가 보군."

"또 저분은 어디 사시오?"

"나는 문안 삽니다."

군평이가 고개를 저으며 토를 달았다.

"무슨 말인지 모르겠네. 문안은 다 당신네 집인가?"

그러자 문안 산다는 놈이 피식 웃으며 대답했다.

"우리 집 방문 안에 산다는 말이라네."

다른 사람에게 질문이 이어졌다.

---

* **문안** 사대문 안.
* **행랑어멈** 남의 집 대문간에 붙은 방에 살면서 심부름을 해 주며 사는 나이 든 여자 하인.

"당신은 어디 사시오?"

"나는 휘뚜루목골에 삽니다."

그 말에 군평이가 고개를 가로저으며 말했다.

"내가 풀이를 잘하지만, 그런 마을 이름은 처음 들어 보네."

그러자 휘뚜루목골에 산다는 놈이 껄껄 웃으며 대답했다.

"나는 집도 없이 되는 대로 휘뚜루 다니기에 할 말이 없어 그렇게 대답한 것이네."

이렇게 서로 소개를 하고 말장난을 주고받느라 정신이 없었는데, 그제야 정신이 들었는지 한 건달이 나서서 말했다.

"이럴 때가 아니지. 놀부 놈을 어서 끌고 와 찢어발겨 버립시다."

그 말에 다른 건달이 앞으로 쑥 나섰다.

"그래, 맞소. 우리가 지금까지 수작을 하느라 그냥 두었지, 진작 갈기갈기 찢어 버릴 놈이 아니었소?"

악착이도 앞으로 나서며 소리를 질렀다.

"그 말이 옳소."

건달들이 우르르 몰려가 놀부를 잡아다 짓이기고 차고 굴리며, 주무르고 잡아 뜯고 주리를 틀기도 하고, 회초리로 후려치며 다리 가랑이를 비틀고, 복숭아뼈를 두드리고, 심지에 기름을 발라 불을 붙여서 발가락 사이를 지지는 등 여러 가지 형벌을 바꿔서 하며 죽일 듯이 괴롭혔다.

놀부는 입으로 피를 토하고, 여러 해 묵었던 똥까지 싸 대며 살려 달라고 애걸복걸을 했다.

여러 건달들이 한 번씩 돌아가며 놀부를 두들겨 패고 난 뒤, 잠시 쉬는 틈에 말했다.

"네 이놈 놀부야, 잘 들어라. 우리가 금강산 구경을 가다가 노잣돈이 모자라 왔다. 어서 돈 5천 냥만 가져오너라. 만약 안 가져오면 네 목숨을 끊어 버리겠다."

놀부가 얼른 5천 냥을 가져다주자 건달들은 사라져 버렸다.

열 번째 박, 소경들

놀부는 혼이 반쯤 빠져나가 정신이 없었다. 하지만 여전히 부자가 되겠다는 욕심을 버리지는 못했다.

놀부는 엉금엉금 기어 박 넝쿨 있는 뒤 담장 처마 밑으로 가더니, 또 박 한 통을 따 가지고 왔다.

이번에는 놀부가 직접 없던 힘을 짜내 박을 탔다. 박이 두 쪽으로 쩍 갈라지자 박 속에서 조선 팔도의 소경들이 다 몰려나왔다. 그들은 저마다 막대기를 하나씩 짚고 인상을 구기며 달려 나와 소리를 질렀다.

"네 이놈 놀부야, 네가 날아갈까, 아니면 기어갈까? 네가 가 본들 어디를 가겠느냐? 너를 잡으려고 앞 남산, 밖 남산, 무계동, 쌍계동으로 방방곡곡을 다 돌아다녔는데, 오늘날 여기서 만났구나."

소경들이 마구 막대기를 휘두르니, 놀부가 살려 달라고 애걸을 하였다.

그러거나 말거나 소경들은 북을 두드리며 일제히 경을 소리 내어 읊었다.

"천수천안 관자재보살 광대원만 무애대비심 신묘장구 대다라니 왈 나무라 다락다락이. 남막알약 바로기제 사바리아 사토바 야지리지리지지리 도도로모 지모자야 이시성조 원시천존 재옥청성경 태상노군 태청성경 나후성군 주도성군 삼라만상 이십팔수성군 동방목주성군 남방화제성군 서방금제성군 북방수제성군 삼십육등신선 연즉 월즉 일즉 시즉 사자 태을성군이시여. 놀부 놈에게 급하게 재앙을 내려 주소서."

그런 뒤 놀부에게 경 읽은 값을 내라며 집 안을 온통 뒤집어 놓았다.

놀부가 또 돈 5천 냥을 내다 주자 그제야 모두 사라져 버렸다.

열한 번째 박, 장비

놀부가 주저앉아 중얼거렸다.

'아, 이제 있는 돈을 모두 다 써 버렸구나. 그렇지만 아직도 박이 남아 있으니⋯⋯. 어디 보자, 이번에는 뭔가 좋은 게 나오지 않을까?'

여전히 욕심을 내려놓지 못한 놀부가 또 박 한 통을 따다 턱 내려놓고 째보에게 말했다.

"이번 박은 겉으로 보기에도 참 좋아 보이니 어서 빨리 타고 구경하세."

박을 타다가 귀를 기울여 박 속의 소리를 들어보니, 우레와 같은 소리가 진동을 했다.

깜짝 놀란 놀부가 박 타는 것을 멈추게 했다. 그러자 박 속에서 우렁우렁 소리가 들려왔다.

"왜 타다 말고 멈추느냐? 어서 타라, 나는 비다."

그 소리에 잔뜩 겁을 먹은 놀부가 물었다.

"비라 하니 무슨 비입니까? 당나라 명황의 양귀비입니까, 창오산에 묻혀 있는 순임금의 두 왕비 아황과 여영입니까? 우선 이름을 알려 주십시오."

"나는 유현덕 유비의 아우인 거기 장군 장비다."

그 말을 들은 놀부가 정신이 아득해져서 맥이 풀린 말투로 째보에게 말했다.

"째보야, 이 일을 어떻게 한단 말이냐. 이번에는 더 바칠 돈도 없으니 너하고 나하고 같이 죽는 수밖에 없겠구나."

그 말을 들은 째보가 펄쩍 뛰었다.

"아니 이 사람아, 그게 무슨 소린가. 자네는 그렇다 치고 내가 왜 같이 죽는단 말이야. 다시 그런 소릴 하면 내 손에 급살을 맞을 줄 알게. 그런 미친 소리 하지 말고 어서 타던 박이나 마저 타세. 장군님이 나온다면 싹싹 빌기나 해 보게."

놀부는 어쩔 수 없이 박을 계속 탈 수밖에 없었다.

박을 다 타고 나니 박 속에서 한 장수가 나왔다. 그는 검은 얼굴에 구레나룻을 길렀으며, 눈은 부리부리했고, 봉황새를 그린 투구를 쓰고, 용의 비늘처럼 만든 갑옷을 입고, 4미터가 넘는 길이의 뱀 모양 창을 들고 내달려 오며 집이 떠나갈 듯 소리를 질렀다.

"이놈 놀부야, 너는 세상에 태어나서 부모에게 불효하고 형제 간에 불화를 했을 뿐만 아니라 여러 가지 죄를 저질렀으니, 하늘 이 너를 죽여 없애라고 명령을 내렸다. 내가 너를 반드시 죽여 없 애 버릴 테니 이제 네 남은 목숨은 쓸데없어질 것이다. 어디 견디 어 보거라."

말을 마치자마자 장비는 덥석 손으로 놀부를 잡아끌고 헛간으 로 들어가서 호령을 했다.

"멍석을 내다 펴라."

놀부가 벌벌 떨며 멍석을 폈다.

그러자 장비가 벌거벗고 멍석 위에 엎드리며 명령을 내렸다.

"이놈, 주먹을 쥐어 내 다리를 쳐라."

놀부가 명령을 어기지 못하고 주먹을 쥐고 온 힘을 다해 장비의 다리를 때렸다. 그러다 이내 지쳐 제발 그만하게 해 달라고 애걸을 했다.

장비가 다시 호령을 했다.

"이놈! 잔말 말고 이번에는 기어올라 내 등을 발길로 찧어라."

놀부가 그 말을 듣고 장비의 등을 바라보니, 등이 천만 길이나 되었다. 놀부가 두 손을 싹싹 빌며 말했다.

"등에 올라가다 미끄러져 다치면 그 뒤에는 빌어먹을 길도 없으 니 제발 살려 주십시오."

장비가 호령을 했다.

"정 어렵거든 사다리를 놓고 올라가거라."

놀부가 마지못해 죽을 둥 살 둥 올라가서 발로 한참 차고 나니, 다리가 지쳐 꿈쩍도 할 수가 없었다.

다시 살려 달라고 애걸복걸을 하자 장비가 놀부에게 말했다.

"그럼 잠깐 내려가 담배나 한 대 피우고 올라오너라."

놀부가 허겁지겁 내려가다가 그만 미끄러져 한 모퉁이에 떨어져 뺨이 찢어지고 다리가 접질려 아파서 혀가 빠져나왔다.

놀부가 다친 몸으로 엎드려 싹싹 빌었다.

"제발 살려 주십시오, 제발 살려 주십시오."

장비가 놀부를 보고 어이없어 일어나 앉으며 말했다.

"너를 보니 참 가련하구나. 내 그만 용서하고 가겠다."

열두 번째 박, 그냥 박

그 고생을 하고도 욕심을 버리지 못한 놀부가 허위허위 달려가 박 하나를 또 따 왔다.

"째보야, 이 박을 타 보자."

째보가 생각해 보니, 더 박을 타 보아도 좋은 꼴은 못 보겠고, 품삯도 제대로 받지 못할 것 같았다. 째보는 소변을 보러 간다는 핑계를 대고 그만 밖으로 내빼고 돌아오지 않았다.

하는 수 없이 놀부가 제 손으로 박을 타기 시작했다. 슬근슬근 톱질을 해서 박을 탁 타 놓고 보니, 이번 박에서는 아무것도 나오지 않고 그저 박속만 가득했다.

놀부가 가만 보니 그 박속이 먹음직스러워서 국을 끓여다 맛을 보았다. 그 맛은 그야말로 기가 막혔다.

"이런 국 맛은 내 처음 본다."

열세 번째 박, 똥

놀부가 국 맛에 취해 해롱거리다가 다시 미쳐서 지붕 위로 올라가 보니 박 한 통이 아직 남아 있었다. 박 빛깔을 보니 누르스름한 게 꼭 불빛이 비치는 것 같았다.

놀부는 비위가 동하여 그 박을 따 가지고 내려와 한참을 탔다. 사분의 삼 정도 타다 보니 박 속에서 구린내가 물씬물씬 풍겨 나오기 시작했다.

"에그, 이 박은 너무 익어 썩은 것인가 보다."

조금 더 타다 보니, 갑자기 박 속에서 미친 듯 바람이 불더니 똥 줄기가 쏟아져 나왔다. 그 소리에 산천이 흔들릴 정도였다. 온 집 안이 정신이 없어 모두 대문 밖으로 도망쳐 나왔다.

놀부가 어찌 된 일인지 문틈으로 들여다보니 된똥, 물찌똥, 진똥, 마른똥, 온갖 똥이 다 합쳐 나와서 집 위까지 쌓여 있었다. 놀부가 어이가 없어 제 가슴을 탁탁 쳤다.

"세상에 뭘 이런 일이 다 있을까? 이럴 줄 알았으면 동냥할 바가지라도 하나 가지고 나올 걸 그랬네."

그런 말을 중얼거리던 놀부는 뻔뻔스럽게도 처자식을 이끌고 흥부네 집을 향해 터벅터벅 걸어갔다.

흥
부
전

물음표로
따라가는
인문학 교실

고전으로 인문학 하기

고전을 읽으며 생겨나는 여러 질문에 답하며,
배경지식을 얻고 인문학적 감수성을 키워요.

고전으로 토론하기

고전을 다양한 시각으로 바라보며,
다르게 생각하는 힘을 길러요.

고전과 함께 읽기

함께 소개하는 다양한 작품을 통해,
인문학적 사고의 폭을 넓혀요.

고전으로 인문학 하기

● 《흥부전》이 먼저인가, 〈흥보가〉가 먼저인가?

여러분은 작자 미상의 소설 《흥부전》 말고 〈흥보가〉에 대해서
도 한번쯤 들어 보았을 거예요. 〈흥보가〉는 판소리 다섯 마당 가운
데 하나로, 예전부터 전해 내려오는 판소리랍니다.

여기서 질문 하나 할게요. 《흥부전》과 〈흥보가〉, 둘 중 어느 것
이 먼저 만들어졌을까요? 닭이 먼저냐, 알이 먼저냐의 문제처럼
헷갈리지요? 답을 내리자면, 판소리 〈흥보가〉가 먼저랍니다. 판소
리는 입에서 입으로 전해져요. 그런데 긴 판소리를 다 외우기가 쉽
지 않아서, 옛날 사람들은 언젠가부터 글로 써서 남기기 시작했어
요. 여러 사람들이 이야기를 덧대고 빼서 새롭게 만들었지요. 이런

과정을 거쳐 판소리가 소설로 정착된 것이랍니다. 이렇게 만들어진 소설을 '판소리계 소설'이라고 해요.

판소리계 소설을 만드는 데 '전기수(傳奇叟)'가 큰 역할을 했어요. 전기수는 조선 후기에 생겨난 직업으로, 사람들 앞에서 책을 맛깔나게 읽어 주었지요.

전기수는 동대문 밖에 살았다. 전기수는 세상에 떠도는 이야기들을 들려주는 일을 했다. 《숙향전》·《소대성전》·《심청전》·《설인귀전》 같은 기이한 이야기들을 주로 낭송해 주었다.

……중간 생략……

그의 이야기 솜씨가 뛰어나서 사람들이 구름같이 모여들었다. 이야기를 하다가 아주 재미있고 긴박한 대목에 이르면 갑자기 말을 멈추고 가만히 있었다. 사람들은 그다음 이야기를 듣고 싶어서 다투어 돈을 던져 주었다. 이것이 전기수가 돈을 버는 방법이었다.   • 조수삼 《추재집》 중에서

전기수들은 청중 앞에서 소설을 읽을 때, 사람들이 좋아하는 부분은 이야기를 길게 늘리고, 지루한 부분은 줄여서 재미를 더하고는 했어요. 이것이 판소리계 소설에 반영되어 새로운 이본(기본 내용은 같지만 부분적으로 차이가 있는 책)이 만들어지기도 했지요. 2017년에는 1830년대 쓰여 가장 오래된 것으로 추정되는 《흥부전》이 발견되어 큰 화제가 되었답니다.

그런데 《흥부전》에는 뜬금없이 사대부가 좋아할 법한 한시 구절이 들어가 있는가 하면, 시장 거리의 사람들이 쓰는 말투가 섞여 있기도 해요. 전기수가 그때그때 듣는 대상을 고려해 책을 읽었고, 이것이 소설에 반영되어 벌어진 현상이지요.

① 새벽 비 날 갠 후에 일 나서라. 아이들아. 뒷산에 고사리가 하마 아니 자랐으랴. 오늘은 일찍 꺾어 오너라. 새 술 안주 하여 보자.
② 곱사등이 발꿈치로 탁탁 치기. 아이 밴 계집 배 차기, 옹기장수 작대기 차기, 불붙는 데 키질하기, 해산한 데 개 잡기, 천연두 걸린 집 울타리 밑에 말뚝 박기, 서로 싸우는 데 그놈의 허리띠 끊고 달아나기, 달리기 하는 데 발 내밀기라.

놀부가 아홉 번째 박을 타자 건달들이 나와서 이야기하는 장면이에요. ①은 사대부의 편안하고 한가로운 생활을 노래하고 있는 시조예요. 말투에 여유와 의젓함이 배어 있지요.

반면 ②는 옛날 시장 바닥에서 쉽게 들을 수 있는 말투예요. 전기수는 양반 앞에서 읽을 때는 시조를 읊고, 시장에서 낭송할 때는 시장 거리의 사람들이 쓰는 말투를 썼던 것이지요. 이렇듯 《흥부전》을 비롯한 판소리계 소설에는 여러 계층의 삶과 말투가 담겨 있답니다.

● 왜 놀부만 금수저를 물었을까?

《흥부전》에는 놀부에 대한 이야기가 많이 나와요. 《놀부전》이라고 불러도 될 정도지요.

이번에는 《흥부전》의 또 다른 주인공인 놀부에 대해 이야기해 보려고 해요. 알다시피 놀부는 아주 돈이 많은 부자지요. 그런데 놀부는 어떻게 부자가 되었을까요?

형 놀부는 마음 씀씀이가 말도 안 되게 흉악했다. 부모님이 돌아가시기도 전에 재산을 나누어 논과 밭을 자기가 다 가로채고, 동생은 멀리 건너편 산 아래 언덕으로 내쫓아 버렸다. •본문 15쪽 중에서

소설을 보고 우리는 놀부가 부모님의 유산을 가로챘다는 사실을 알 수 있어요. 그렇다고 놀부

가 범죄를 저지른 건 아니에요. 조선 후기에 들어서면 일반적으로 적장자(정실 부인이 낳은 장남)가 더 많은 재산을 상속받고는 했거든요. 전 재산을 물려받는 경우도 있었지요. 하지만 그럴 때도 장남에게는 동생들을 보살필 의무가 있었어요. 놀부는 그 의무를 저버린 것이지요.

그런데 이렇듯 돈이 많은 놀부는 어떤 직업을 가졌을까요? 놀부네 마당에는 산더미 같은 노적가리가 앞뒤로 가득했다고 해요. 노적가리는 수북이 쌓아 둔 곡식 더미를 말하니, 놀부의 직업은 농부라고 할 수 있지요. 놀부는 곡식을 산더미로 쌓아 놓을 정도로 부유했던 농부인 거예요.

어떻게 놀부가 그렇게 큰 수확을 거둘 수 있었을까요? 조선 후기인 18세기에 들어서면 이앙법이 발전해요. 이앙법은 못자리에 볍씨를 심어 모를 어느 정도 기른 뒤에 논에 옮겨 심는 방법이에요. 그 이전에 시행된, 논에 직접 씨를 뿌리는 직파법보다 벼를 기르는 데 훨씬 효과적이었지요.

이제 한 사람이 예전보다 많은 논을 경작할 수 있게 되었고, 자연히 수확도 늘어났어요. 농사를 지어 부자가 되는 사람도 생겨났지요. 이들을 가리켜 '경영형 부농'이라고 해요. 놀부는 조선 후기의 경영형 부농을 대표한답니다.

조선 초기에 농민이 큰 부자가 되기는 힘들었어요. 기본적으로 엄격한 신분제 사회였으며 쌀 수확량도 조선 후기에 비해 적었으니까요. 하지만 《흥부전》의 시대적 배경인 18세기에는 임진왜란, 병자호란이 일어난 뒤라 사회에 큰 변화가 생겼어요. '신분이 별거냐, 먹고사는 문제가 더 중요하다!' 하는 인식이 생겨나 신분 제도가 흔들렸지요.

또한 이러한 분위기 속에서 농업 기술과 상업 경제가 발전하면서 부를 거머쥔 이들이 나타났지요. 《흥부전》은 이러한 사회의 변화를 담고 있어요. 그중에서도 놀부는 조선 후기의 변화하는 시대상을 제대로 보여 주는 인물이랍니다.

그런가 하면 놀부가 망하는 부분에서 급하게 끝나 버리는 《흥부전》의 파격적인(?) 결말*은 돈만 밝히던 놀부의 모습을 더욱 부각해요. 형제간의 우애보다도 돈을 밝혀 망한 놀부의 모습에 초점을 맞추게 되니까요. 놀부는 소설 속에서 시종일관 부정적으로 그려져요. 놀부가 '빚값에 계집 빼앗기'까지 했다고 나와 있는 이본도 있답니다. 이렇게 보면 놀부는 부당한 방식으로 재물을 불리는 고리대금업자라고 할 수 있지요.

게다가 놀부는 박 속에서 괴물이 뛰쳐나와 괴롭힐 때마다 번번이 돈으로 무마했어요. 놀부는 '돈이면 모든 것을 해결할 수 있다'

---

* 이본에 따라 흥부가 놀부를 돕는 내용까지 담고 있기도 하다.

고 생각했던 것이지요.

● 왜 흥부는 일해도 가난할까?

이번에는 놀부와 전혀 다른 흥부의 삶을 살펴
봐요. 흥부 부부는 죽어라 열심히 일했어요. 흥
부의 아내는 키질하기, 술 거르기, 오줌 치우
기, 나물 뜯기, 보리 파종하기 등을, 흥부는 가래
질하기, 농사짓기, 목화 심기, 풀베기, 삯일하기,
말편자 박기, 변소 치우기, 빗자루 매기, 마당 쓸
기 같은 일들을 했어요. 그야말로 온갖 일을 다 도맡아 했지요.

그런데 그들은 일을 해도 늘 가난해요. 왜일까요? 가만히 살펴
보면 흥부 부부가 한 일들에서 한 가지 공통점을 찾아낼 수 있어
요. 모두 하루나 이틀 정도 일을 하고 품삯을 받는 형식이었다는
사실이에요. 흥부 부부는 요즘 말로 '시간제 아르바이트'를 했던 셈
이지요.

《흥부전》이 쓰인 18~19세기 무렵에도 아르바이트 같은 게 있
었다니, 참 놀랍지요? 놀부가 경영형 부농을 대표한다면, 흥부는
아르바이트를 해서 먹고살아야 했던 하층민을 대표하지요. 지금으
로 치면 최저 임금도 받지 못하고 일했을 것이 분명하니, 흥부는

늘 가난할 수밖에 없었어요.

여기서 눈여겨보아야 할 부분이 있어요. 흥부가 일의 대가로 다름 아닌 '돈'을 받았다는 점이에요. 《흥부전》을 보면 흥부는 다섯 푼 받고 말편자를 박고, 두 푼 받고 변소를 치우고, 한 푼 받고 빗자루를 맸다고 나와 있지요.

18세기 이전의 일은 대개 품앗이 형태였어요. 내가 남의 일을 해 주면 남도 내 일을 도와주는 식이었지요. 아니면 물건으로 대가를 받기도 했고요. 그런데 흥부는 분명 '돈'을 받았다고 했지요? 이는 곧 '임금'을 받았다는 뜻이에요. 이를 통해 조선 후기에 들어서며 화폐가 일상적으로 쓰였음을 알 수 있습니다. 점차 상업 자본이 형성되어 가는 18세기의 분위기를 파악할 수 있지요.

한편 흥부는 매품을 파는 일을 하려고 나서기도 해요. 정말 매를 대신 맞아 주는 일이 있었을까요? 이와 관련해 조선 후기 학자 성대중(1732~1809년)이 쓴 글을 참고할 만해요.

안주에 사는 한 백성은 볼기로 매품을 팔아 살았다. 아전 한 사람이 병영에서 곤장 일곱 대를 맞을 일이 생겼다. 그는 돈 다섯 꾸러미를 내걸고 대신 매 맞을 사람을 찾았다. 볼기로 매품을 하는 백성이 매를 맞겠다고 나섰다.

장형을 집행하는 사령은 그가 자주 매 맞으러 오는 것이 얄미워서 일부러 세게 곤장을 내리쳤다. 갑자기 강해진 매라 한 대는 그냥 참았지만, 두 번째 매를 맞고 나자 도저히 견딜 수가 없었다. 매품팔이는 얼른 사령에게 다섯 손가락을 꼽아 보였다. 돈 다섯 꿰미를 바치겠다는 뜻이었다. 그러나 사령은 모른 체하고 더 세게 곤장을 쳤다. 일곱 대를 다 맞기도 전에 죽을 것 같아진 그는 얼른 꼽았던 다섯 손가락을 활짝 펴 보였다. 뇌물을 배로 올려 주겠다는 뜻이었다. 그러자 매가 눈에 띄게 약해졌다.

매품팔이는 감영을 나와서 주변 사람들에게 뽐내며 말했다.

"나는 오늘에야 돈이 좋다는 걸 알았네. 돈이 없었다면 아마 나는 오늘 죽은 사람이었을 거야." • 성대중 《청성잡기》 중에서

세상에나, 정말로 매를 맞고 돈을 버는 사람이 있었네요!

조선 시대에는 유교 사상에 따라 부모에게 물려받은 몸을 소중히 해야 했어요. 매를 맞고 돈을 버는 일은 쉽게 상상하지 못했지

요. 하지만 실제로 이런 일이 일어났다는 것은 도덕이나 윤리보다 먹고사는 문제, 즉 돈이 더욱 중요해졌음을 뜻해요. 또 흥부처럼 가난에서 벗어나지 못하여 절박한 처지에 놓인 이들이 많았음을 말해 주고요.

이 밖에도 당시 돈을 얼마나 중요하게 생각했는지 알 수 있는 대목이 소설 곳곳에 나와요. 놀부가 더 큰 부자가 되려고 박을 타다가 재물을 탕진해 버리는 것이나 째보가 박을 타 주는 대가로 돈을 흥정하는 모습, 박에서 나온 무당이나 건달들이 하나같이 돈을 요구하는 모습은 돈이 최고가 되어 가는 시대 상황을 담아내고 있답니다.

● 부자인 놀부는 왜 화초장도 모를까?

워낙 가난해서 품을 팔아야 하는 흥부와 달리, 놀부는 어마어마한 재산을 갖고 있었어요. 노적가리가 산더미같이 쌓인 집이니만큼 그에 맞는 살림살이를 갖추고 있으리라 짐작해 볼 수 있지요. 그런데 놀부는 부자가 된 흥부네 집에 찾아가서 화초장을 보더니 이게 뭐냐고 물었단 말이에요. 부자면서 양반들이 흔히 쓰는 화초장도 모른다니, 이게 웬 말일까요?

이와 관련해 여러 추측을 해 볼 수 있어요. 먼저 놀부가 매우 검소한 사람이었을 수 있지요. 흥부에게 쌀 한 톨 주지 않는 걸로 미루어 보면, 놀부가 인색한 것은 확실해요. 남에게만 인색한 게 아니라 자신에게도 마찬가지라면, 화초장 따위는 사치라고 생각할 수도 있지요.

아니면 놀부는 자신의 신분이 낮다고 여겨 화초장을 들이지 않았을 수도 있어요. 놀부가 신분이 높지 않았다는 점은, 박을 타려고 불렀던 이웃인 째보와의 대화를 통해서 추측할 수 있어요. '째보'라는 별명은 그가 평민 이하의 계층이기에 붙은 것이에요. 그런데 놀부는 째보와 흥정을 하고 반말을 주고받잖아요. 이를 보면 놀부의 신분이 째보와 비슷함을 추측할 수 있지요. 놀부의 신분이 높았다면 째보가 감히 그러지는 못했을 테니까요. 그러니 놀부 입장에서는 '양반도 아닌데 굳이 화초장 같은 게 필요하겠어?' 하고 생각했을 수 있어요.

마지막으로 화초장 이야기가 삽입된 것은 판소리계 소설의 특징일 수 있습니다. 옛날에 소리꾼들은 판소리를 완창하지 않았어요. 완창하려면 엄청나게 긴 시간이 필요하거든요. 그 대신 몇몇 재미난 대목을 뽑아, 사람들 앞에서 멋들어지게 불렀어요. 이때 소

리꾼은 사람들의 흥미를 끌기 위해 어느 한 부분을 과장하기도 했지요. 그러면서 이야기의 앞과 뒤가 서로 맞지 않는 경우가 생겼어요.

놀부가 화초장을 모르는 장면도 이렇게 만들어졌을 수 있어요. 어느 날은 앞의 대목을 부르며 놀부가 부자라는 사실을 실컷 강조하다가 다음 날에는 화초장을 모르는 놀부의 무식함에 대해 장황하게 늘어놓는 식이지요. 판소리 한 편을 완창한 게 아니라 부분적으로 잘라 부름으로써 각각의 이야기에 독립성이 생긴 것인데요, 이걸 판소리의 '부분의 독자성'이라고 해요.

놀부가 화초장을 몰랐던 것을 두고도 다양한 해석과 풀이가 가능하네요. 이것이 바로 판소리계 소설의 특징이면서 문학을 읽는 재미겠지요.

고전으로 토론하기

● 흥부는 착하고 놀부는 나쁜가?

생각 주제 열기

　놀부는 온갖 못된 짓을 일삼아요. 부모님의 유산을 혼자 챙기고, 끝없이 심술을 부려요. 반면 흥부는 착하기 그지없는 사람입니다. 자신을 구박하는 형에게도 공손히 대하지요. 하지만 정작 그와 가족은 끼니를 걱정해야 할 만큼 가난합니다.

　다행히 흥부는 제비 덕분에 부자가 되었지만, 이런저런 궁금증이 생겨납니다. 흥부는 왜 가난했을까요? 놀부는 왜 부자일까요? 이런 생각도 듭니다. 무조건 흥부는 착하고 놀부는 나쁜 사람일까요? 흥부의 잘못은 없을까요?

　이번에는 《흥부전》의 두 주인공인 흥부와 놀부를 모의 법정으로 초대합니다. 두 사람의 가상 대화를 통해, 흥부와 놀부라는 인물을 다양한 시각에서 살펴볼 수 있을 거예요.

놀부의 유산 독차지, 욕심인가 재산 지키기인가?

재 판 장 지금부터 놀부가 동생 흥부에게 낸 재산 분할 청구 소송에 대한 재판을 시작하겠습니다. 오늘 재판은 특별히 양측의 합의 아래 변호사 없이 진행합니다. 당사자들은 직접 변론해 주시기 바랍니다. 먼저 놀부, 소송을 건 이유를 설명해 주십시오.

놀 부 재판장님, 저는 참말로 억울합니다. 동생 흥부는 박을 타다가 하루아침에 알거지가 된 저를 도와주지 않았어요. 형제간의 우애를 저버린 거지요! 흥부는 형인 저에게 마땅히 재산을 나눠 주어야 합니다.

흥부 재판장님, 그렇지 않습니다. 저도 그동안 성의껏 도왔습니다. 말이 나왔으니 말입니다만, 제가 가난할 때 형은 저에게 쌀 한 톨도 나눠 주지 않았습니다. 그렇지 않아도 집안 유산은 다 형이 가져간 판에 이래도 됩니까?

놀부 조선 왕조가 막 세워졌을 때나 형제나 남녀 간에 재산을 비교적 공평하게 나누었지요. 18세기부터는 대부분 맏아들 위주로 상속을 했다고요. 제가 부모님을 모셨으니 당연히 많은 유산을 가져야지요.

흥부 그래도 어려운 동생을 그냥 지나치는 법이 어디 있습니까?

놀부 너에게 돈을 주면 그 돈이 남아 있겠니? 재판장님, 동생은 남의 어려움을 보면 그대로 지나치지 못합니다.

흥부 어려운 이들을 도우면 좋은 것 아닌가요?

놀부 그래도 자기 살길은 마련해야지! 넌 평소에도 남을 돕기만 하고 절약할 줄을 몰라. 가족을 먹여 살려야 한다는 책임감도 부족하지. 너는 유산을 받는 족족 남에게 다 쓸 게 뻔해! 재판장님, 저는 그게 염려되어서 유산을 다 가져간 겁니다.

재판장 놀부의 말이 맞습니까?

흥부 허허, 제가 남을 잘 돕는 성격이기는 하지요.

놀부 다시 한번 말씀드리지만, 저는 집안의 재산을 지키기 위해 유산을 독차지한 겁니다. 나중에 동생이 정말 힘들 때 도와주려고 했어요.

흥부 형이 그런 생각을 했다고요? 그럴 리가 없습니다.

흥부는 책임감이 없는 사람일까?

재판장 흥부가 책임감이 없었다는 근거가 있나요?

놀부 가장으로서의 책임감을 갖고 있었다면 무턱대고 그렇게 많은 자식을 낳지 않았겠지요. 동생보다 훨씬 잘사는 저도 자식을 그렇게 많이 가질 생각은 꿈에도 하지 못했네요!

흥부 자식은 하늘이 주시는 것이니 어쩌겠습니까? 그래도 우리 부부는 최선을 다했어요. 매품을 팔아 돈을 벌 생각까지 했다니까요.

놀부 말 잘했다. 그게 올바른 행동이냐? 머리카락 한 올마저도 부모에게서 받은 소중한 것이니 함부로 해서는 안 되는 법이다!

흥부 자식을 굶기는 것보다야 매를 맞아 돈을 버는 게 더 낫다고 생각했습니다.

놀부 아니, 그럴 거면 자식을

덜 낳든가. 아니면 제대로 돈을 벌든가. 요즘이 어떤 세상인데! 덮어놓고 낳다 보면 거지꼴을 못 면한다고.

흥 부 형님, 전 게으르지 않습니다. 열심히 돈을 벌기 위해 이리저리 뛰어다녔어요.

놀 부 열심히만 하면 뭐하냐. 고리타분한 사고방식으로 일하니 돈을 못 벌지! 그저 남의 집 일이나 해 주고 돈을 벌려는 안일한 생각으로 어떻게 돈을 버나?

흥 부 형님은 그래서 이자 놀이까지 하셨군요.

놀 부 그게 어때서? 내 돈을 빌려 갔으면 이자를 붙여 줘야지. 그것도 엄연한 사업이라고. 돈으로 돈을 버는 사업 말이야.

흥 부 형님처럼 부모님 재산으로 쉽게 번 돈을 '불로 소득'이라고 해요. 일하지 않고 거저 버는 거지요!

놀 부 내가 돈을 그냥 번 줄 아니? 온갖 일을 하느라 하루도 편히 잔 날이 없다. 빌려 간 돈 달라고 재촉해야지, 새로 돈 빌려 줄 사람 눈 부릅뜨고 찾아야지, 돈 떼일 염려는 없나 미리 알아 둬야지. 이게 바로 경영이라는 거다.

흥 부 그것도 형님처럼 부모님에게 물려받은 것이 있어야 가능한 일이지요. 저 같은 무일푼이 할 수 있는 일은 기껏해야 품팔이뿐입니다. 이 세상에는 저처럼 선택의 여지가 없는 사람들이 많다고요.

놀 부 헛소리! 네 노력이 부족한 거야.

흥 부 재판장님, 제가 이렇게 된 데는 사회의 문제도 있습니다. 나라는 백성들이 굶어 죽지 않고 생계를 유지할 수 있도록 돌봐 주고 보호해 줘야 할 책임이 있지요. 하지만 이런 상황에서는 아무리 제가 이리저리 뛰어다녀도 입에 풀칠하기가 힘듭니다.

놀 부 나라 타령은 왜 해? 재판장님, 흥부는 사회의 흐름을 읽을 줄 모르고, 적극적이지도 못합니다. 그래서 가난해진 겁니다. 정 안 되면 우리 집에 와서 드러눕기라도 해야 하지 않습니까. 저놈은 그저 몇 푼 달라고 왔다가 씨알도 안 먹히니 그냥 풀 죽어 돌아가 버리더라고요. 능력도 없는 데다 끈기도 없다니깐! 그런 마음가짐으로는 경쟁에서 뒤처질 수밖에 없지요.

재 판 장 놀부는 흥부가 가난한 이유를 개인적인 원인에서 찾는군요. 흥부는 이렇게 된 데는 사회 탓도 있다고 보는 거고요. 제 말이 맞나요?

흥 부 네!

놀부가 동물 학대를 했다고?

흥 부 재판장님, 놀부 형님은 동물 학대를 일삼기도 했습니다.

재 판 장 동물 학대요? 더 자세히 말씀해 보세요.

흥 부 형님은 제비의 다리를 일부러 부러뜨렸습니다. 정말 잔인하기 그지없지요. 이게 동물 학대가 아니고 뭡니까?

재판장 놀부, 그게 사실입니까?

놀부 뭐, 그러기는 했지요. 그래도 제비가 크게 다치지는 않도록 조심했어요. 치료도 금방 해 주었고요.

흥부 이것 보세요. 형님은 요행을 바라고 멀쩡한 제비 다리를 부러뜨렸으니 동물을 학대한 거라고요.

놀부 재판장님, 이건 요행이 아니라 적극적인 태도지요! 흥부는 거저 얻어걸려 복을 받았지만, 저에게는 그런 복이 오지 않았습니다. 그러니 어쩌겠어요, 제 복을 찾기 위해 스스로 움직이는 수밖에요.

흥부 저는 착한 일을 해서 하늘이 복을 내린 거예요. 형님은 멀쩡한 제비 다리를 부러뜨리는 나쁜 짓을 한 거고요. 어떻게 그게 적극적인 생활 태도인가요?

놀부 흥부 너야말로 복권으로 일확천금한 사람들과 뭐가 다르냐?

재판장 자, 진정하세요. 정리하면 흥부는 놀부가 동물 학대를 저질렀다는 입장이고, 놀부는 행복을 찾기 위해 적극적으로 나섰을 뿐이라는 거지요!

흥부, 놀부 예!

재판장 허, 대답을 동시에 하니 이제야 형제 같군요.

놀부 재판장님, 저는 동생이 스스로 어려움을 이겨 내길 바랐을 뿐입니다. 그래서 일부러 흥부를 돕지 않고 꾹 참았던 겁니다. 그래도 흥부는 아우로서 마땅히 절 도와야 하는 것 아닐까요? 사람들 말처럼 도덕적이고 착한 흥부라면 응당 그래야지요.

흥부 형님은 늘 남의 재물을 탐내고 나쁜 짓을 저지르지요. 사람은 물질적 가치보다는 도덕적 가치를 추구해야 해요. 저는 그런 삶을 살고자 노력한 죄밖에 없습니다.

재판장 오늘 재판은 여기까지 하겠습니다. 두 사람은 매우 다른 가치관을 가졌음을 확인할 수 있었습니다. 다음 재판은 보름 뒤에 열겠습니다.

　흥부와 놀부의 가상 재판, 재미있게 읽었나요? 둘의 다툼은 21세기를 살아가는 우리에게도 많은 생각거리를 던져 줍니다. 먼저 경제적인 자립이 우선이냐, 도덕적 삶이 우선이냐 하는 문제에 대해 고민해 볼 수 있을 것 같습니다. 또한 흥부는 왜 열심히 일해도 돈이 없었는지 그 이유를 파헤쳐 볼 수도 있지요.

　고전 하나를 놓고도 이야기할 거리가 많지요? 여러분도 《흥부전》을 읽으며 현재의 문제들을 해결할 수 있는 실마리를 찾아보세요.

3교시

고전과 함께 읽기

《흥부전》과 함께 보면 좋은 소설과 영화를 소개합니다. 다양한 작품을 통해 고전 이해의 폭을 넓히세요.

소설 《태평천하》 일제 강점기에도 놀부가 있다!

채만식(1902~1950년)이 쓴 《태평천하》는 일제 강점기인 1938년에 발표되었어요. 일제 강점기 서울에 땅을 가진 부유한 지주 집안에서 벌어지는 갈등이 주된 내용이지요.

이 작품에는 '일제 강점기 판 놀부'라고 부를 만한 인물이 나와요. 바로 주인공 윤직원 영감이지요. 족보를 사서 양반 자리를 꿰

찬 윤 영감의 생각은 매우 고약해요. 그는 일본이 조선을 지배하여 태평천하가 왔다고 믿지요. 일제가 벌이는 일에 앞장서 헌금을 낼 정도예요. 윤 영감의 꿈은 손자 종수와 종학이 일제의 앞잡이인 군수, 경찰서 서장이 되는 것이었지요.

하지만 그의 생각과는 달리 철석같이 믿고 있던 손자 종학이 사상 문제로 경시청(예전에 한성부와 경기도의 경찰 및 소방 업무를 맡아보던 관청)에 붙잡혀 가요. 윤 영감은 절망하며 이렇게 외쳤지요.

자 보아라. 거리거리 순사요. 골골마다 공명한 정사(政事). 오죽이나 좋은 세상이여…… . 남은 수십만 동병(動兵)을 하여서, 우리 조선 놈 보호 하여 주니, 오죽이나 고마운 세상이여? 으응……?

제 것 지니고 앉아서 편안허게 살 태평 세상. 이걸 태평천하라고 하는 것이여 태평천하!

윤 영감은 손주가 태평천하에 왜 불만을 품는지 도무지 이해가 가지 않았어요. 그래서 절규했던 것이지요.

우리는 일제 강점기가 '태평천하' 가 아니라는 사실을 알아요. 하지만 그 시기의 친일파들은 일제가 조선 을 위해 식민 통치를 하는 것이며 곧 태평천하가 올 것이라고 굳게 믿었어요.

윤 영감은 남들이야 어떻든 자기만 잘살면 된다고 생각했어요. 그래서 악착같이 돈을 모았지요. 하지만 가족 간에 갈등이 일어나면서 그의 집안이 점차 무너져요. 이러한 상황은 마치 놀부가 재물을 하나하나 빼앗기던 모습을 떠올리게 해요.

요즘에도 놀부나 윤 영감을 닮은 사람들이 많아요. 그들은 더불어 사는 것에는 전혀 관심이 없고, 오로지 자신의 이익만을 위해 산답니다. 놀부나 윤 영감은 벌을 받았는데, 현실에서 이런 인물들은 어떤 삶을 살고 있을까요? 반드시 착한 사람은 복을 받고 나쁜 사람은 벌을 받는 것 같지는 않아 씁쓸해지기도 합니다.

《흥부전》과 《태평천하》는 모두 풍자가 주를 이뤄요. 풍자는 직접 말하지 않고 돌려서 대상을 비판하고 조롱하는 방법이에요. 채만식은 《태평천하》의 윤 영감을 통해 특정 시대, 특정 유형의 인물을 풍자하고 있지요. 《태평천하》가 어떻게 사회의 불합리와 모순을 풍자하는지 직접 읽어 보세요.

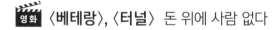 〈베테랑〉, 〈터널〉 돈 위에 사람 없다

2015년에 개봉한 영화 〈베테랑〉은 재벌 3세 조태오의 '갑질'을

다루고 있어요. 어느 날, 조태오의 회사
로부터 임금을 받지 못한 트럭 운전사
인 배 기사가 일인 시위를 벌여요. 그러
자 조태오는 배 기사를 자신의 사무실
로 불러 이렇게 이야기하지요.

▲ 영화 〈베테랑〉의 포스터

　"맷돌 손잡이 알아요? 맷돌 손잡이를 어
이라 그래요. 어이. 맷돌에 뭘 갈려고 집어
넣고 맷돌을 돌리려고 하는데, 손잡이가 빠

졌네. 이런 상황을 어이가 없다 그래요. 황당하잖아. 아무것도 아닌 손잡
이 때문에 해야 될 일을 못하니까. 지금 내 기분이 그래. 어이가 없네?"

　밀린 임금을 받는 것은 당연한 권리인데, 조태오는 그런 행동을
'어이없다'라고 표현해요.(사실 맷돌 손잡이와 '어이' 사이에는 특별한 관계
가 없어요.) 그는 많은 부를 거머쥔 자신이 세상의 중심인 것마냥 행
동하지요. 조태오의 악행은 계속해서 이어집니다.

　"문제 삼지 않으면 문제가 안 되는데, 문제를 삼으니까 문제가 되는 거
예요."

　배 기사는 밀린 월급을 받지도 못하고 죽게 되는데요, 그의 죽
음을 두고 조태오가 던진 말입니다. 조태오에 비하면 놀부의 심술

은 어린애 장난 같을 정도지요. 어찌 보
면 조태오는 돈과 권력을 가지고 더욱
독해진 현대판 놀부라고 생각할 수도
있습니다.

영화 〈터널〉에는 또 다른 놀부가 등
장해요. 이 영화는 터널 붕괴로 갇힌 주
인공의 구출을 두고 벌어지는 사건을
다루는데요, 구조 작업이 지지부진하자

▲ 영화 〈터널〉의 포스터

정부 차원의 대책 회의에서 '놀부' 같은 발언이 나와요. 구조 작업
때문에 제2터널 공사가 중단되면 어마어마한 금전적 손해를 보게
된다는 거예요. 이러한 정부 관계자의 논리 속에는, 사람보다 돈이
더 중요하다는 생각이 담겨 있어요.

"도롱뇽이 아니라 사람이 갇혀 있다고요.
자꾸 까먹는 것 같은데, 저 안에 사람이 갇혀 있어요."

대책 회의를 지켜보던 119 구조 대원이 하는 말이에요. 그의
말은 자본보다 생명이 더 소중하다는 당연한 사실을 새삼 일깨워
줍니다.

여기저기 놀부가 참 많지요? 우리가 인간의 생명이 아닌 자본
을 먼저 생각해서는 안 될 거예요.

문학 작품이나 영화에는 놀부 같은 인물들이 많이 나와요. 돈을 최고의 가치로 여기는 이들이 바로 현대판 놀부지요. '현대판 놀부' 하면 또 떠오르는 작품 속 주인공들에는 누가 있나요?

소설 《놀부뎐》 똑똑한 놀부, 어리석은 흥부?

최인훈(1936~2018년)은 분단 문제를 다룬 《광장》을 쓴 작가예요. 그는 고전에도 깊은 관심을 갖고 《춘향뎐》, 《구운몽》, 《금오신화》, 《옹고집뎐》 등 많은 패러디 소설을 썼어요.

이 중 《놀부뎐》(1966년)은 《흥부전》을 현대적인 관점에서 재해석한 작품이에요. 한 부분을 슬쩍 볼까요?

놀부 이사람이 엽전속에서 길을보니 어느것이 높다하며 어느것을 낮다하랴 앉아서도돈이요 누워서도돈이요 이리돌려돈이요 저리돌려돈이요 풀어놓은돈이요 몰아놓은돈이요 나아가서돈이요 들어오며돈이요 띄어쓰기가 이상하다고요? 일부러 사람의 호흡에 맞춰 쓴 것이랍니다. 작가는 고전 소설 《흥부전》이 판소리에서 시작되었다는 점을 고려해 이렇게 표현했지요.

현대 소설 《놀부뎐》은 어떤 내용을 담고 있을까요? 여기에서 놀부는 엽전 속에 길이 있다는 말을 믿는 사람이에요. 돈을 기준으로 냉철한 판단을 내리지요. 반면 흥부는 게으르고 헛된 꿈만 꾸는 사람으로 그려져요. 귀가 얇은 흥부는 동네 사기꾼에게 속아 논밭을 빼앗기고, 알거지가 돼요. 그런데도 흥부는 일하지 않고 형에게 기댈 생각만 하지요. 놀부는 흥부를 한심한 눈으로 바라보지요.

세상은 고해화택이요 가난구제는 나라도못한다하였는데 흥부저사람심사보소 남에게싫은소리없이 제울타리지켜질까

고해화택이란 괴로움의 바다, 불의 집이라는 뜻으로 끝없는 고통의 인간 세상을 이르는 말이에요. 놀부는 냉철한 현실을 잘 모르고 사기당하는 흥부가 답답할 따름이지요.

그러던 어느 날, 갑자기 흥부가 부자가 돼요. 놀부가 이상하게 여겨 흥부에게 물으니, 흥부는 누군가 땅속에 묻어 둔 재물을 발견해 부자가 되었다고 고백합니다. 놀부는 그렇게 얻은 재물은 분명 큰 화를 부를 것이라고 판단하고, 동생과 함께 다시 산에 가서 보물을 파묻으려고 해요.

그런데 사실 그 보물은 전라 감사가 숨겨 놓은 것이었어요. 보물을 도둑맞았다는 사실을 알게 된 전라 감사는 흥부와 놀부를 잡아가지요. 결국 형제는 감옥에서 모진 고문을 당해요.

어때요? 《놀부뎐》은 고전 소설 《흥부전》과 완전히 다르지요? 작가는 놀부를 현실적인 인물로, 흥부를 게으르고 무능한 인물로 그려 냈답니다.

이 작품이 쓰였을 1960년대에는 우리나라의 산업이 발전하고 급격한 사회 변화가 이루어졌어요. 이때 국가에서는 경제적 이익을 얻고자 군인을 베트남 전쟁에 파병하는가 하면, 일본과 국교를 정상화하며 배상금을 받기도 했지요. 이 모든 일은 '돈'과 관련이 있었어요. 작가 최인훈은 돈이 우선시되는 사회 현실을 《놀부뎐》을 통해 풍자했지요.

오늘날에는 《놀부뎐》 외에도 고전을 영화나 드라마, 소설로 다시 만드는 시도가 이어지고 있어요. 고전을 현대화하며 어떤 점들이 달라졌는지 살펴보아도 재미있답니다!

물음표로 따라가는 인문고전 02

흥부전 왜 흥부는 일해도 가난할까?

ⓒ 최성수 이철민, 2017

1판 1쇄 발행일 2017년 2월 20일 | 1판 4쇄 발행일 2022년 5월 10일

글 최성수 | 그림 이철민
펴낸이 권준구 | 펴낸곳 (주)지학사
본부장 황홍규 | 편집장 윤소현 | 편집 양선화 박보영 김승주 | 디자인 최지윤
마케팅 송성만 손정빈 윤술옥 이혜인 | 제작 김현정 이진형 강석준 방연주
등록 2010년 1월 29일(제313-2010-24호) | 주소 서울시 마포구 신촌로6길 5
전화 02.330.5263 | 팩스 02.3141.4488 | 이메일 arbolbooks@jihak.co.kr
ISBN 979-11-85786-92-6 44810
ISBN 979-11-85786-85-8 44810 (세트)
잘못된 책은 구입하신 곳에서 바꿔 드립니다.

 제조국 대한민국　사용연령 10세 이상
KC마크는 이 제품이 공통안전기준에 적합하였음을 의미합니다.

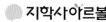 아르볼은 '나무'를 뜻하는 스페인어. 어린이들의 마음에
담긴 씨앗을 알찬 열매로 맺게 하는 나무가 되겠습니다.

홈페이지 www.jihak.co.kr/arb/book | 포스트 post.naver.com/arbolbooks